POUR TOUT L'OR DU MONDE

François Rousseaux

Pour tout l'or du monde

Fayard

Ce livre est édité par
Gérard Davet et Fabrice Lhomme

Page 63 : *Une petite cantate*, Barbara,

Couverture : Le Petit Atelier

Composition et mise en pages
Nord Compo à Villeneuve-d'Ascq

ISBN : 978-2-213-71169-0
Dépôt légal : mai 2021.

« À travers l’or coulent les larmes. »

Proverbe russe

Avertissement

La nuit du 16 au 17 février 2017, Pascal Troadec, quarante-neuf ans, son épouse Brigitte, quarante-neuf ans, leurs deux enfants, Sébastien, vingt et un ans, et Charlotte, dix-huit ans, ont perdu la vie, assassinés dans leur pavillon de l'agglomération nantaise. Pendant quatre ans, j'ai enquêté auprès de tous ceux qui ont accepté de me parler, pour remonter le fil de leurs vies et tenter de comprendre ce qui avait pu conduire à leurs meurtres, avec la volonté de donner la parole à tous les protagonistes.

Ce récit est donc le fruit d'une enquête journalistique, de 2017 à 2021, pour laquelle les avocats de la défense comme des parties civiles ont accepté de me rencontrer à plusieurs reprises, pour faire valoir les versions de leurs clients. Il s'appuie sur de nombreux témoignages et entretiens, au fil des voyages en Loire-Atlantique et dans le Finistère, sur des éléments de l'enquête, ainsi qu'un entretien avec le procureur de la République de Nantes. Il ne se substitue en aucun cas au travail de la justice, et s'inscrit dans le respect des personnes et du droit fondamental de la présomption d'innocence. Ainsi, les personnes mises en examen dans cette affaire et évoquées dans ce récit sont présumées innocentes jusqu'à leur procès.

Prologue

« On ne fait pas trois cents kilomètres pour nous dire qu'on a piqué de l'or dans l'immeuble ! » Brigitte Troadec a un haut-le-cœur. Elle se lève, manque de faire tomber une chaise, cherche la porte du regard. La mère de famille voudrait rentrer chez elle, à Orvault. Son mari Pascal la rattrape par le bras. Lui aussi reprendrait bien la route. Mais quitte à être là, autant entendre la suite. En ce samedi d'été 2014, sous la véranda, « Mamie Renée » vient de leur réclamer la moitié de ce qu'ils lui ont pris.

« La moitié de quoi ? » sourcille Brigitte.

Des pièces d'or.

« Où il y a des pièces d'or ? » reprend-elle.

Le couple Troadec tombe des nues. Dire qu'ils pensaient déjeuner en famille. De toute façon, ils ont l'appétit coupé. Déjà, en garant leur voiture sur le trottoir, ils appréhendaient cette convocation maquillée en invitation. Pascal a bien tenté de faire bonne figure, en franchissant le seuil de l'entrée. Il a souri, claqué la bise à sa sœur Lydie. Mais celle-ci a le regard noir. Son compagnon, Hubert Caouissin, en retrait près de la table en bois d'acajou, se tient prêt à intervenir. Il sait qu'un dictaphone caché dans le soutien-gorge de Lydie enregistre toute la conversation. « Quelque chose de très très très important qui change complètement les vies de tout le monde » a disparu, déclare-t-il, solennel et mystérieux. Il fixe son beau-frère Pascal droit dans les yeux. Soit lui et sa femme n'y sont pour rien, et dans ce cas ils n'ont rien à craindre. Soit ils ont quelque chose à se reprocher, et dans ce cas, tant pis pour eux. « Qu'est-ce que c'est que cette histoire débile ? » s'exclame Brigitte. Deux camps s'affrontent. Il y a ceux qui accusent, et ceux qui encaissent. « On n'a rien volé », se défend Pascal, sidéré, à quarante-six ans, d'être soupçonné par sa propre famille de s'être emparé de pièces d'or. Le voilà qui s'emporte, les traite de « malades ».

Au milieu de la pièce, Mamie Renée tourne de l'œil. En son for intérieur, la vieille dame aux cheveux courts foncés savait que cette confrontation n'était pas une bonne idée. D'ailleurs, ce n'est pas la sienne. Depuis qu'elle est veuve, on ne sait plus très bien qui commande dans cette famille. Plus tard, elle racontera que son fils Pascal, incontrôlable, a soulevé la table de fureur, et qu'elle a pris peur. Les cris fusent, une bagarre manque d'éclater, Lydie menace d'appeler les gendarmes. Elle se contentera d'aller chercher de l'eau fraîche. On boit, on se rassied, et l'impossible dialogue reprend. « Ah, parce qu'on a acheté une Audi, on a piqué des sous ? » tempête Brigitte. « Et tu crois qu'on aurait creusé le sol ? » lance-t-elle à Hubert. Le soir même, elle appellera sa grande sœur Martine : « Non mais tu sais de quoi ils nous accusent ? »

Les mots sortent comme ils viennent, les paroles se chevauchent. S'il avait eu de l'or, Pascal aurait une « belle » et « grande » maison. Brigitte, elle, « n'en a rien à faire de gagner quelque chose ». Qu'Hubert aille voir ses comptes bancaires s'il veut en avoir le cœur net.

À entendre celui-ci, pourtant, tout était si « fabuleux ». De l'or en lingots, en pièces, par sacs, plus besoin de travailler, les enfants après eux non plus. Le couple Troadec reste estomaqué. Pascal se met à y croire un bref instant, mais le doute le rattrape : si ce trésor existe, il ne doit pas valoir grand-chose. Tout l'inverse d'Hubert, qui livre son équation sans détour. On demande le silence. Il leur propose un « arrangement ». Et prévient que pour des magots pareils, on « tue ». On « éradique » des familles entières. « Tous, tous, tous. » Pascal fixe sa sœur : « Tu sais très bien que je ne suis pas un voleur, Lydie. » Dans le brouhaha, le couple a juré qu'il ne remettrait plus jamais les pieds ici. Il lui faut parcourir deux cent quatre-vingt-dix kilomètres dans l'autre sens. Brigitte a-t-elle pris le volant, comme souvent ? Pascal s'est-il encore rongé les ongles ? Le trajet leur a peut-être semblé court, tant ils ont commenté la scène, refait le film, s'agitant sous le pare-soleil baissé. Ou alors se sont-ils tus, hébétés, scotchés aux fauteuils du véhicule ? Ce 5 juillet 2014, Pascal et Brigitte Troadec n'apprennent pas seulement qu'un trésor familial existerait. Mais qu'il s'est volatilisé. Et que les coupables désignés, ce sont eux.

1.

Schubert et les larmes

« Vous voulez de l'aide ? » À l'entrée de l'église, elle peine à grimper les marches. Cette vieille dame me tend son bras d'un geste généreux, sourire franc. « Je voulais arriver avant qu'il n'y ait trop de monde ! » susurre-t-elle alors que je ne lui ai rien demandé. La cérémonie doit commencer dans une demi-heure. Nous avançons, et à notre manière, nous nous soutenons. Je ne connais ni cette femme que je retiens fermement, ni cette église, ni les vivants, ni les morts. Malgré ses pas fatigués, la dame semble pressée. Il y a déjà du monde. Dans l'allée centrale, je lui lâche le bras. « Je suis de la famille vous savez ! » ajoute-t-elle, comme pour justifier sa présence. Elle part à droite et je pars à gauche. De la famille, combien sont-ils ? Combien d'amis ? de vieilles connaissances ? d'anciens voisins, de collègues de travail ? d'anonymes, de curieux, venus assister à l'épilogue d'une tragédie familiale très médiatique ? Une bonne centaine balaient la nef du regard, inquiets, chuchotent, sèchent leurs larmes. Je ressens leur effroi. Cette affaire me hante depuis trois mois. Je ne pense qu'aux disparus. Leurs morts m'oppressent. Mon enquête est devenue une quête. Sur les dix premiers rangs, il est écrit « Réservé » sur une page A4 blanche. Comme dans les théâtres et salles de spectacle les soirs de première. Mines graves, beaucoup arrivent en couple, au compte-goutte, souvent âgés, se cherchent une place en tâtonnant. Ils s'asseyent, se regardent à peine, et pour combler l'attente plongent dans le feuillet vert clair de quatre pages disposé sur les bancs. Au recto, quatre prénoms inscrits les uns à la suite des autres : Brigitte. Pascal. Charlotte. Sébastien. Au-dessous, un dessin sobre, en noir et blanc. Une colombe qui déploie ses ailes. Ce vendredi 19 mai 2017, c'est la famille Troadec que Landerneau enterre.

Paris, quelques heures plus tôt. Dans le brouillard matinal, je file sur mon scooter, en direction de la gare Montparnasse, pour ces funérailles à 570 km de chez moi. Le train s'élance à grande vitesse à 6 h 59 vers le Finistère. Changement à Morlaix. Arrivée un peu avant midi à Landerneau. Un vendredi, jour de marché. Sur la petite place du Général-de-Gaulle, une dizaine d'étals, toute la Bretagne. C'est petit Landerneau : un peu moins de quinze mille habitants. Un port, et le célèbre pont habité de Rohan, l'un des derniers d'Europe. Un fleuve coupe la ville en deux, dont je n'ai jamais réussi à dire le nom du premier coup. Aussi court à lire que difficile à prononcer. L'É-LORN. Ma première fois à Landerneau, en 2013, c'était les pieds dans l'eau, des bottes en caoutchouc jusqu'aux genoux, un gros micro jaune à la main. L'Élorn était en crue. L'eau montait jusqu'à cinq mètres, du jamais vu depuis l'an 2000. J'étais journaliste pour I-Télé, qui m'y avait envoyé en reportage. « Sans les crues, Landerneau ne serait pas Landerneau », m'avait lâché tout de go un vieux monsieur, à 6 h 30 du matin, blasé. Ils sont comme ça ces Bretons de Landerneau : philosophes. Façonnés par les tempêtes, entre terre et mer, dans cette pointe du Finistère, à quelques encablures de Brest. Quatre années ont passé. Et ce vendredi 19 mai 2017, sur la place du marché flotte un léger parfum d'angoisse. Les sourires sont comme la météo du jour : nerveux.

Dans la file du boucher-traiteur, devant les caisses de légumes, à la terrasse du café, on ne parle que de cela. Le faire-part de décès publié deux jours plus tôt dans le journal *Le Télégramme* a confirmé l'heure et le lieu. Il est 12 h 30. Dans deux heures, Landerneau enterre quatre morts. Les obsèques collectives d'une famille bretonne tuée trois mois plus tôt se préparent dans l'imposante église Saint-Houardon. Les gendarmes, premiers arrivés, ont dressé un périmètre de sécurité avec du ruban en plastique blanc et rouge. Un chien renifleur noir explore la zone. Les télévisions nationales sont là. Leurs pieds de caméra postés face à l'entrée. Des radios aussi. Et des photographes, venus saisir une image rare. Les quatre cercueils alignés d'une même famille. L'épilogue d'un fait-divers hors norme.

14 h 30 pile, les cloches de l'église retentissent. À l'intérieur, chacun s'est tu. Silence. Générique. L'*Ave Maria*

de Schubert résonne. 14 h 31, la grande porte cochère s'ouvre, et derrière la marche du père François Calvez, lente, maîtrisée, les quatre cercueils en bois clair roulent dans la travée centrale. Je sais qu'ils sont quasiment vides. On respire à peine, on n'ose lever les yeux, on n'entend plus que Schubert et le bruit des roulettes sur la dalle. Sœurs, parents, cousins, amis suivent péniblement le cortège, pas à pas, en une foule compacte. Et livrent aux regards de l'assistance leurs yeux rougis et leur douleur.

Soudain, une étincelle. Le père Calvez allume les longs cierges blancs devant chacun des cercueils. Et entame : « Espérance, colère, faiblesse, tristesse, c'est cela que nous portons aujourd'hui. » Du premier rang, elles s'avancent vers le chœur, dignes, retenant leur souffle et leurs larmes : Martine et Hélène sont les deux sœurs de Brigitte Troadec. Son aînée et sa benjamine. L'une a les cheveux mi-longs blonds et bouclés, l'autre châtains très courts. Face aux dépouilles, elles portent leurs lèvres au micro. « Vous formiez une famille unie et pleine de vie », chevrote Martine. Tour à tour, elles disent leur gratitude, aux présents d'être présents, à tant de pensées, de messages, de gestes et de soutien reçus depuis trois mois. « Nous n'avons pas les mots pour exprimer la puissance de la douleur. Nous n'avons pas trouvé les mots pour expliquer l'inexplicable. Ni la phrase miracle qui pourrait soulager notre peine », murmure Hélène, de sa voix frêle et douce. « Nous n'avons pas trouvé le remède pour réparer nos cœurs brisés », poursuit Martine. Mais très vite, place au merci que l'on n'attendait pas. Dès la troisième phrase, quand, sanglotant, Hélène prononce au micro ces mots ciselés : « Nous voudrions remercier particulièrement les services de police judiciaire de Nantes et de Brest pour leur travail d'investigation, leur dévouement et leur professionnalisme face à ce carnage sans nom. » Martine : « Nous accordons également toute notre confiance à maître de Oliveira, aux services de justice, pour faire éclater toute la vérité, et punir le ou les coupables de cette ignominie dont la barbarie n'a d'égale que la lâcheté. »

En quelques secondes, la cérémonie bascule. La solidarité face au drame se mue en communion de combat. Chancelantes, les deux femmes aux yeux bleus quittent le chœur de l'église, fixent l'assistance, longent les quatre cercueils et regagnent leur place au premier rang. Le père Calvez rompt le silence. « Seigneur Dieu, tu nous vois déchirés et abattus. Les morts de Pascal, Brigitte, Sébastien, Charlotte, sont tellement injustes. Jamais nous ne pourrons comprendre. » Au son du violon, chants religieux et lectures de texte sacrés se succèdent. La famille nombreuse de Pascal Troadec, oncles, tantes, délivre un message collectif : « Vous n'aviez pas d'autre route que celle du bonheur. Vous ne demandiez rien que l'envie d'aimer. » Les larmes coulent. Valentin et Adrien, les jeunes fils d'Hélène, rendent hommage à leur cousin Sébastien, « toujours joueur, parfois taquin », à Charlotte, « sociable et pleine de vie », qui « aimait beaucoup rendre service autour d'elle, préparer les repas chez sa grand-mère, faire les magasins. Charlotte, tu avais dix-huit ans… Reposez-en paix auprès de vos très chers parents ».

Lisant de sa voix grave l'Ancien Testament, et un extrait du Livre des Lamentations, le père Calvez tente une consolation collective et puise une espérance de la lecture du chapitre XI de l'Évangile selon saint Jean. Le prélude de Bach retentit pour la bénédiction. Les grandes portes cochères de l'église s'ouvrent sur une éclaircie, et un *flash-back* : vingt-trois ans plus tôt, au même endroit, Pascal et Brigitte Troadec sortaient sur le perron main dans la main. Les convives avaient la mine du bonheur et serraient un feuillet blanc, au recto orné de deux colombes noires collées l'une à l'autre, précédées des prénoms « Brigitte et Pascal ». C'était le 3 juillet 1993, à 15 heures. Plus de deux décennies plus tard, le rayon de soleil qui surgit à l'ouverture des portes fait briller la carrosserie grise des fourgons mortuaires stationnés au milieu des couronnes de fleurs. Les mots de Martine et Hélène résonnent. « Pour toi Brigitte, pour toi Pascal, pour Charlotte et Sébastien, nous mènerons le combat jusqu'au bout. » Vaillantes, les deux sœurs de Brigitte Troadec suivent pas à pas les cercueils, et quittent l'église, fortes de cette promesse faite devant Dieu.

2.

Des « morts-vivants »

« Vous allez fermer vos gueules ! » L'homme qui hurle à la fenêtre ce soir-là, c'est Pascal Troadec. Il est hors de lui. Ce 27 juin 2006, l'été s'installe enfin à Nantes. 22 h 45 : les huitièmes de finale de la Coupe du monde de football opposent la France à l'Espagne. À Orvault, juste à côté de la maison de la famille Troadec, leurs voisins ont organisé une soirée foot. Six amis suivent joyeusement le match à la télé sur leur terrasse. Rosé frais, but de Franck Ribéry, olives, but de Patrick Vieira, barbecue. Dernières minutes de jeu, Zinédine Zidane marque, la France s'avance vers le titre, on se ressert un verre, et voilà que le bruit retentissant d'une fenêtre interrompt la fête. Plus fort qu'un coup de sifflet de l'arbitre : Pascal Troadec. La bande de trentenaires sursaute et l'aperçoit à la fenêtre rouge de colère, sa femme Brigitte à ses côtés. La Coupe du monde, très peu pour eux, le bruit, n'en parlons pas. En quelques secondes, la température si douce vire au froid polaire, et leur relation de voisinage déjà délicate prend un virage sans retour. Qu'ils s'en souviennent : les Troadec détestent le bruit. Surtout Pascal.

Ce père de famille ne jure que par le calme de sa maison pavillonnaire. Demain, il se lève tôt pour aller travailler chez Visotec-Arlux, une société d'enseignes lumineuses à quelques kilomètres de chez lui. Pascal n'est pas un couche-tard, il mène une vie calibrée, et ses voisins doivent s'y faire. Ce n'est pas un hasard si le couple Troadec a choisi Orvault, dix-huit ans plus tôt, et cette petite maison typiquement nantaise, payée 122 000 euros.

Ce quartier de banlieue résidentielle dit « du Petit Chantilly », du nom de l'ancien champ de courses de Nantes, leur va comme un gant. Joli, simple, rien de rutilant. La boulangerie, la boucherie, et le bar PMU où Pascal fait son loto chaque semaine sont à deux pas. Et surtout, oui surtout : c'est paisible. Les pavillons se suivent et se ressemblent, confortables, chacun avec un jardin, de grands arbres, un portillon, un garage, et souvent des doubles vitrages. Tout près les uns des autres, mais chacun chez soi. Certains sont là depuis les années 1960 et ne troqueraient pour rien au monde leur tranquillité : « On est peinards ici », lance Bernard, installé au milieu de la rue. À la veille de ses quatre-vingts ans, il livre dans un sourire malicieux son secret : « Pour vivre heureux, vivons cachés. » Les Troadec n'auraient pas dit mieux, ils appliquent la philosophie à la lettre. C'est qu'elle est bien planquée la rue d'Auteuil. Elle forme un « U », une rue dans la rue, en somme, nichée sur les hauteurs de Nantes.

Pour y accéder depuis le centre-ville, c'est tout droit. Avenue, rond-point, avenue, rond-point, c'est parti pour sept kilomètres d'un seul tenant, une longue ligne droite, qui n'a pourtant rien d'un long fleuve tranquille. Car une fois montée la rue Paul-Bellamy, il faut longer le boulevard Robert-Schuman et passer devant le numéro 55, l'adresse de la défunte famille Dupont de Ligonnès. Un lieu d'épouvante, de fantasmes et de secrets. Une maison de l'horreur devant laquelle les Troadec passent si souvent. « Je n'y habiterais pour rien au monde », prévient Anthony, le chauffeur de taxi, en ralentissant, alors que je me rends pour la première fois sur place en cette matinée d'octobre 2017. La police scientifique a depuis longtemps plié ses grandes bâches noires et remisé ses tenues blanches, tandis que les enquêteurs cherchent toujours la trace de Xavier, ce père de famille devenu l'homme le plus recherché de France. Les volets ont été rouverts, et ce matin-là, il y a de la lumière dans le salon. Malgré les fantômes des quatre adolescents et de leur mère Agnès, retrouvés enterrés sous la terrasse et recouverts de chaux vive un après-midi d'avril 2011, la vie a repris. Et la route, comme si de rien n'était, file vers la demeure des Troadec.

Orvault, une petite France périphérique. Une ville sans âme, faite de béton et de bitume, de parcs et de joies, de gris et d'ennui. Depuis plusieurs années, le quartier du Petit Chantilly a un nouveau visage. Il attire de jeunes couples en quête de qualité de vie, lassés des appartements de l'hypercentre de Nantes aux loyers élevés. Plutôt issus de la classe moyenne supérieure, professeurs, cadres médicaux, fonctionnaires, aux revenus confortables mais pas *bling bling*. Ils font des enfants, installent des balançoires, retapent leur maison, s'offrent une véranda, se croisent à l'école voisine et sympathisent. « Les enfants créent du lien », sourit une habitante, et la rue d'Auteuil n'en manque pas. Peu à peu, un vent de fraîcheur a soufflé et une nouvelle vie de quartier est née. Des jeunes ont lancé la fête des Voisins, une réussite : chaque année, ils déploient quelques tables en début de soirée, on trinque autour d'un verre de blanc et de tourtes maison. C'est devenu sympa cette rue d'Auteuil ! Et c'est bien ce qui chagrine Pascal Troadec. Car, au numéro 24, lui vit retranché.

Combien de fois peste-t-il contre « ces jeunes », qui n'ont en réalité qu'une dizaine d'années de moins que lui ? Combien de fois s'emporte-t-il aux premières notes de guitare jouées par son voisin de derrière ? Combien de fois a-t-il sermonné ces nouveaux venus, arrivés avec leurs bambins, leur barbecue et leur appétit de vivre ? Il goûte peu la compagnie, a mal au dos et se tracasse. À en croire des voisins, il ne fait pas un pas sans sa femme, qu'il rudoie pourtant souvent. À travers les haies, certains entendent parfois le couple se disputer et des noms d'oiseau voler. Derrière sa mauvaise humeur et ses aigreurs, un mal plus profond le ronge : le silence de sa mère, Renée. Voilà bientôt deux ans qu'elle ne lui adresse plus la parole. Le téléphone sonne dans le vide et la porte de sa maison de Guipavas, dans le Finistère, lui est fermée. Rien n'y fait. Avec Lydie, sa jeune sœur, les ponts sont aussi coupés. Alors Pascal, en animal blessé, incompris, esseulé, s'est recroquevillé sur sa famille, son pavillon-cocon et son train-train. Il trouve dans une existence réglée au millimètre et une stabilité professionnelle chez Visotec-Arlux un semblant de repères.

Dans la vie, Pascal attend. Que le travail commence. Que tous les câbles qu'il a la charge de connecter les uns aux autres fonctionnent. Que ses employeurs soient satisfaits de ses résultats. Que vienne l'heure de regagner la maison. Que sa femme rentre. Que la télé déroule ses programmes du soir. Et que sa mère lui donne signe de vie, lui adresse un mot, un « Ça va ? », une explication à son long silence. Dans le quartier, il ne parle à personne. « Les Troadec ? C'étaient des ours ! » lâche une voisine. « Le monsieur aurait eu des fusils à la place des yeux, il y aurait déjà des morts », ose une autre. Ne cherchez pas Pascal à la fête des Voisins. Son plaisir à lui, c'est son rituel de 16 heures, quand il rentre du travail. Chaque jour, la même rengaine : sur le trottoir, Pascal inspecte sa voiture. Et dans cette rue où chacun vit chez soi mais où tout le monde s'observe, certains voisins n'en ratent pas une miette. De leur fenêtre, ils l'observent, médusés, se gaussent ou lèvent les yeux au ciel, lorsqu'ils le voient se pencher aux quatre coins de la carlingue de son Audi. Sa voiture, son bijou, son bébé ! Pascal aime les autos comme d'autres les poupées en porcelaine ou les montres. Elles sont un refuge, une distinction matérielle, le signe que la vie ne l'a pas si mal loti. Le couple a longtemps roulé français, en Renault. Pascal et Brigitte ont possédé chacun une Laguna. Mais ça, c'était avant : en 2012 et 2013, la famille s'est agrandie. Ils ont accueilli une BMW et une Audi d'occasion comme leurs petits derniers. Ils ont aussi offert une Peugeot 308 de deuxième main à leur fils Sébastien. Trois voitures quasiment coup sur coup. Et bientôt une quatrième ! Charlotte, leur fille cadette de dix-huit ans, étudiante en première année de BTS en Vendée, est inscrite à l'auto-école, elle n'a encore que son code mais c'est acquis, elle sera propriétaire de son propre véhicule. En ce mois de février 2017, devançant l'examen, elle a repéré le modèle. Ce sera une Peugeot 208. La veille de leur disparition, le 15 février 2017, Pascal a signé le chèque d'acompte de cinq cents euros.

L'inspection des voitures faite, Pascal Troadec peut rentrer chez lui, se caler devant l'écran, et gare à celui qui aurait le malheur de stationner trop près de son entrée ou même sur le trottoir d'en face : la provocation lui est insupportable. Des voisins racontent qu'un soir il a déboulé chez eux pour prier leur invité à son goût mal garé de déplacer sa voiture. Qu'importe l'étiquette de tyran et râleur de service que les gens du quartier lui ont collée. Pascal aime les chats, en particulier le sien, Ulysse, mais c'est lui qui donne les coups de griffes. Il est grincheux et peu lui chaut. Certains autour de lui à Orvault l'ont surnommé « le beauf », il l'ignore, et c'est sans doute mieux pour eux.

Rue d'Auteuil, ils ne sont qu'une toute petite poignée à mettre des visages sur le nom Troadec. La majorité ne connaîtra d'ailleurs leur nom breton qu'au journal télévisé, après leur disparition. Pudiquement, ils les qualifient d'abord de gens « discrets », puis, à mesure que les souvenirs rejaillissent, que le temps du deuil file, la sémantique glisse, et, la langue déliée, dans certaines bouches, les « discrets » deviennent des « asociaux ». Frappez aux portes : c'est comme s'ils s'étaient passé le mot. « On ne les connaissait pas. » « Si je ne leur disais pas bonjour, ils ne le faisaient pas », dit un proche voisin. Un autre : « Ils étaient assez distants. » « Ce ne sont pas des gens épanouis », « Madame souriait de temps en temps », « Ils n'ont pas de relations sociales avec qui que ce soit. » Oui, les Troadec vivent planqués et, dans ce quartier qui renaît, cela commence à faire tache. Question de culture ? Ils viennent du Finistère et des terres sauvages. Brigitte et Pascal sont tous deux nés à Brest et ont grandi dans ce Finistère nord où l'on cultive la discrétion, où l'on tait ses faiblesses et ses tourments. En dix-sept années, la famille s'est fondue dans ce décor résidentiel au point de disparaître de la photo. Pour le reste, silence.

Après cette soirée football de juin 2006 sèchement interrompue, les voisins ont décidé de ne pas rester sur un malentendu. Heurté d'avoir été pris à partie, le père de famille a « mis son orgueil de côté », comme il le concède, et est allé frapper à leur porte le lendemain, « pour s'excuser ». Mal lui en a pris. Pascal Troadec avait la tête des mauvais jours et la rancœur tenace. Et l'a accueilli d'un : « Avec ta gueule de con, depuis que tu es arrivé dans le quartier, tu as mis le bordel. » Échaudé de nouveau, il décide d'aller s'en ouvrir à Brigitte le surlendemain. « Votre mari me fait peur », lui répète-t-il sur le pas de la porte. « On a des enfants et on se dit qu'il serait capable de sortir un fusil. »

Confuse, l'épouse tempère : « Mon mari est un peu impulsif, mais ce n'est pas grave, c'est sa façon d'être. »

Les années ont passé, les voisins ont appris à se méfier, et c'est désormais par écrit qu'ils communiquent avec les Troadec. Des petits mots glissés dans la boîte aux lettres, mais de vrais règlements de comptes noir sur blanc. « J'ai le regret de vous annoncer que les trottoirs ne vous appartiennent pas », écrivent-ils à Pascal Troadec dans une lettre le 12 mai 2015. « La vie en collectivité, c'est la tolérance et le bien-vivre ensemble, c'est l'exact opposé que vous dégagez. Si vous souhaitez vivre dans une collectivité où les gens sont repliés sur eux-mêmes, intolérants, procéduriers, alors il faudra la créer vous-même avec des individus qui partagent votre vision de la vie. » À les entendre aujourd'hui, ils ont avalé bien des couleuvres. « Ils nous ont bouffé la vie. Au moindre truc, on était sur le qui-vive, on se demandait ce qui allait nous tomber dessus. » Cette femme a passé onze ans à redouter les colères de Pascal. Elle n'avait jamais voulu s'en ouvrir aux nombreux journalistes venus sonner à sa porte. En ce mois d'octobre 2017, elle m'accueille avec méfiance, tiraillée entre le silence qu'elle s'est imposé, ce passé encore frais qu'elle voudrait effacer, et le trop-plein prêt à déborder. Je l'écoute, le regard attiré par le pavillon des Troadec que je peux observer d'un nouvel angle de vue. Son hésitation sur le pas de la porte tranche avec la force de ses mots. « Oh et puis entrez, après tout, à un moment donné, il faut dire les choses. » Elle veut être sûre que son anonymat sera respecté, et que je n'enregistre pas la conversation. Je m'assieds et dépose sous ses yeux mon smartphone sur la table. La voilà qui raconte, entre larmes contenues et phrases ciselées. « Pour moi, c'étaient des morts-vivants. » Son mari intervient : « À l'époque, quand eux ont acheté, c'était pas cher. Le quartier a pris beaucoup de valeur. Pascal Troadec était jaloux : il a vu emménager des gens qui étaient plus riches que lui. » Le récit tristement banal de brouilles de voisinage souvent corsées glisse vers une catharsis à cœur ouvert. « C'étaient des gens névrosés », « ils n'avaient pas de vie ». J'écoute leur témoignage, mais dévier du regard me démange. D'où je me trouve, je dévisage la maison de l'horreur. Personne, pas même eux, n'a entendu le moindre cri jaillir la nuit du 16 au 17 février.

Je quitte la rue d'Auteuil sur la pointe des pieds, comme celui qui leur a ôté la vie l'avait peut-être fait au petit matin, quelques mois plus tôt, enjambant leurs cadavres. Et décide de marcher pour rejoindre le centre de Nantes, où je relis mes notes de ces heures passées à Orvault et tombe sur cette phrase que j'ai soulignée. « Pour les Ligonnès, il y a eu énormément de fleurs, de peluches, de bougies devant la maison. Eux… très peu. » Entre les lignes, l'impression gênante qu'ils avaient mérité leur sort me parcourt. Étrange sensation. Les Troadec menaient la vie qu'ils s'étaient choisie. Dans l'ombre, sans fard ni artifices, simple et manifestement pas malheureuse, probablement comme des millions de familles. Sans étaler ni leurs bonheurs, ni leurs turpitudes, ni leurs secrets. Derrière l'image d'une existence en apparence fade et rugueuse, Pascal et Brigitte se satisfont d'avoir réussi par le travail et d'avoir transmis leurs valeurs à leurs enfants. Ensemble, ils aiment voyager en famille. Des séjours à Landerneau, dans la famille de Brigitte, à toutes les vacances scolaires. Escapades et week-ends en famille à Saint-Malo, en Vendée, à Rome, bientôt, trois jours à Lisbonne pour Pâques, et cet été 2017, peut-être l'Espagne.

Aux beaux jours, Pascal enfile parfois un vieux short de sport et se lance dans un barbecue, que l'on déguste de préférence à l'intérieur. Le couple ne reçoit quasiment personne. Ni dîners entre amis le samedi soir, ni copains à l'improviste, ni bouteille au frais. Parfois un réveillon de la Saint-Sylvestre avec les sœurs de Brigitte. Quand on sonne à la porte, c'est soit le coiffeur qui officie à domicile, soit un anonyme venu chercher les objets et vêtements que la mère de famille vend sur Leboncoin. Chez les Troadec, on vit au gré d'habitudes. Aller chercher le pain, à pied, souvent la tête baissée. Les courses au centre Leclerc d'Orvault ou au Lidl de Sautron le samedi. Des balades le dimanche, dans la vallée du Sens. On aperçoit souvent Pascal et Brigitte, marchant côte à côte, lui, petit bonhomme à la mine fermée, elle, plus joviale et plus ronde. Les Troadec étaient heureux comme ça. « Leur vie était simple et paisible. Certes, elle n'avait rien d'exceptionnel, mais rien de lugubre non plus ! Ils n'avaient pas demandé à être connus. Et ils ne voulaient pas qu'on regarde derrière les murs de leur maison d'Orvault », corrige Martine, la sœur de Brigitte. « On faisait beaucoup de repas de famille. C'était ça notre vie. »

Dans cette vie au Petit Chantilly, où tout se voit et tout se sait, les habitants ont appris à ne plus les regarder. Invisibles au point qu'aucun voisin ne pourrait remarquer si un homme s'invitait dans le décor. Insoupçonnable. Un homme de petite taille, mince, et musclé. Un passe-muraille. Pourtant, il serait déjà venu à plusieurs reprises. Il n'y vit pas, mais il semble connaître par cœur le quartier. Dans son ordinateur, la police a en tout cas retrouvé des dizaines de captures d'écran Google Map et Google Earth. Des heures passées sur Internet à explorer les lieux. La maison des Troadec vue de face, de dos, du ciel. Les rues adjacentes. L'itinéraire depuis le Finistère. Cet homme minutieux saurait à quelle heure s'y allument et s'y éteignent les lampadaires publics. Le soir du 7 février, une semaine avant la disparition de la famille Troadec, il est venu, vêtu de sa veste couleur kaki dont la capuche dissimule le visage. Seul, dans le noir, il aurait attendu, fait le tour de la maison et du jardin. Dans le silence nocturne, il les aurait espionnés. Avec son stéthoscope, il aurait tenté d'écouter aux portes. Puis il serait reparti. Et le 16 février, il est revenu.

3.

Pascal et Hubert :
la haine en héritage

Il est vite entré dans la famille, presque par effraction. Au début des années 2000, Hubert Caouissin cherche l'amour. Une femme. À trente-cinq ans, le célibataire est bel homme, viril, musclé. Il ne mesure qu'un petit mètre soixante-sept, mais il est sec, trapu, bien proportionné. Il a le front large, les cheveux bruns, le sourcil épais, porte des polos et des pulls à la mode. L'enfant du pays travaille à l'arsenal de Brest, la ville où il est né, en 1970, quelques jours avant Noël. Il y est entré après ses études, occupe un poste de technicien supérieur, a un peu d'ancienneté, et son salaire lui suffit. Il est déjà propriétaire d'une maison. « Pour lui, l'argent n'était pas un problème. Il gagnait bien sa vie », assure son frère Jean-Noël dans la seule interview qu'il accordera au quotidien *Le Télégramme* le 16 février 2018.

Et puis Hubert est un matheux. Il aime les chiffres, les équations et les probabilités, les théorèmes et les fractions. Calculer, miser, prendre des risques, rentrer de l'argent. C'est le digne fils de son père, Jean-Marie Caouissin, un ancien professeur de mathématiques et de dessin industriel à l'école d'ingénieurs et d'armement de Brest, mort en 2000. De lui, Hubert a hérité un esprit cartésien, un sens aigu du détail, et un savoir-faire pour tenir ses comptes au centime près. Vers l'âge de dix-huit ans, il découvre les cours de la Bourse. Ou comment, avec un peu de connaissances, de malice et de chance, faire prospérer son capital. Cela lui réussit plutôt bien : depuis la fin des années 1980, il a mené quelques jolis coups boursiers dont il est fier. Pas le pactole du siècle, mais de quoi alimenter ses livrets à la Caisse d'épargne. Il lit la presse économique, des *Échos* à *Comment vivre votre argent*. Il a même investi dans de grandes entreprises, de Air France à Peugeot en passant par Alstom. Cela ne fait pas de lui un millionnaire. Hubert dépense peu, il se dépense : c'est un sportif accompli qui pratique le vélo, le judo, la natation et la course à pied. Le meilleur salaire est celui de la sueur. Il est devenu endurant, s'est façonné un corps et forgé un mental d'acier.

« C'était un célibataire joyeux et disponible », se souvient Jean-Noël Caouissin. Un gendre idéal, qui a tout pour plaire. Et pourtant il vit seul, dans cette jolie maison aux murs blancs et à la toiture en ardoises bleues qu'il a fait bâtir en 1997 dans le cœur de Plouguerneau, à moins de deux kilomètres de la mer, face à l'île Vierge et son célèbre phare. Dans ses cent trente mètres carrés du lieu-dit Kroaz al Lann Nevez, il lui manque quelqu'un. Le soir, la douce lumière de la pointe Finistère qui transperce les Velux et l'épaisse véranda sur le côté de la maison s'assombrit à mesure que sa solitude lui pèse. Hubert assume cette vie sans contraintes, son rythme de travail, ses soirées de fête, et chasse ses rares spleens par d'intenses séances de sport ou des dîners au restaurant avec son frère. Mais seul, à l'heure de trouver le sommeil, il se projette. Il a envie d'aimer. Et ne veut plus attendre.

Savoir faire le premier pas n'est pas inné. Hubert apparaît comme un garçon discret, sans vagues, ni dandy, ni flambeur, ni dragueur. À l'école, c'était un gamin timide, parfois moqué ou mal-aimé, souvent seul dans la cour de récré. C'est un travailleur tout aussi réservé. Ses collègues l'apprécient, mais peinent à le cerner. Pudique, il donne peu de lui et n'est pas homme à se raconter au premier venu. Alors c'est sur écran que le trentenaire s'est mis en quête d'amour. Il s'inscrit sur le site Internet de rencontres Meetic. Hubert aime écrire et séduire de ses mots directs, précis, soignés. Presque poétiquement, il s'est choisi un pseudo à lire dans la langue de Shakespeare : « Hub4roses ». *Hub for roses.* La promesse d'un amour jonché de pétales de roses. Hubert l'ambitieux y affirme vouloir dénicher « la perle rare ». À trente-cinq ans, il ne veut ni d'une amourette ni d'un rendez-vous manqué, mais un *alter ego* avec qui s'engager.

Magie de la vie 2.0, un soir du début d'année 2006, derrière l'écran, son chemin virtuel croise celui d'une certaine Lydie Troadec. Elle est à peine plus âgée que lui : elle est née le 12 janvier 1969, à Brest, comme lui, et a trente-six ans à cette époque. Douze mois et sept jours les séparent. Elle est secrétaire médicale, après une parenthèse parisienne comme assistante dans une société de production audiovisuelle. Cela fait quatre ans qu'elle est rentrée à Brest, près de ses parents. À quoi pense la jeune femme lorsqu'elle découvre la prose de cet inconnu qui signe ses messages d'un déroutant « Hubert l'imparfait » ? Se reconnaît-elle dans les lignes énigmatiques de ce prétendant ? Hubert ne fait jamais de fautes. C'est un champion de l'orthographe et des accords grammaticaux. Il précise rechercher une « fille intelligente, sportive, drôle, avec du caractère ». En miroir, son double féminin. « J'aurais la prétention de m'attribuer les mêmes qualités et peut-être certains défauts, notamment une certaine réserve », écrit-il. Devançant les questions, il annonce la couleur : « Qu'elle me remette en question ne me dérange pas, pourvu que ce soit justifié. » Meetic est si lisse, Hubert si singulier. Les mots de cet étonnant « Hub4roses » intriguent Lydie. Quel homme se cache derrière l'écran ? La conversation par claviers interposés s'engage. Une rencontre se dessine. Et ouvre les portes à une deuxième. Ils vont au cinéma. Suivront des dîners au restaurant. Quelques mois plus tard, Lydie Troadec franchit officiellement la porte de chez ses parents au bras de son nouveau compagnon : Hubert Caouissin.

On ne présente pas n'importe qui à son père. Surtout quand il s'appelle Pierre Troadec. À soixante-quatre ans, le patriarche brestois tient toute la famille. C'est un Breton pur sucre, un homme costaud et ventru, portant tantôt la barbe, tantôt le bouc, toujours la moustache, et devant lequel on s'incline. Chez les Troadec, c'est lui le patron. Autoritaire, fort en gueule mais père tendre et généreux, il est proche de ses deux enfants, son fils aîné Pascal, et sa fille Lydie. L'homme s'est fait à la force du poignet et a passé sa vie les mains dans le plâtre. C'est un manuel, besogneux, gai et courageux, qui a vendu des fruits et légumes sur les marchés. Il a monté sa propre entreprise d'artisan plâtrier, engagé des chantiers partout. Cet homme-là casse un mur comme il élève la voix. C'est lui qui a acquis un immeuble à Brest en 1976, dans le quartier de Recouvrance, dont il a rénové les appartements. Lui encore qui, des années plus tard, a retapé toute la maison achetée avec sa femme Renée en bordure de Brest. Même à la retraite, Pierre Troadec continue à travailler sur les marchés du Finistère. De sa voix chaude et puissante, il alpague le client pour lui vendre ses fruits. De l'avis de ceux qui l'ont connu, c'était « la posture du commandeur ». « Il avait une bonhomie… Il était d'une nature plus autoritaire, il avait un caractère bien trempé, c'était un personnage », se souvient aujourd'hui avec respect Martine, la sœur de Brigitte.

Face à lui, Hubert Caouissin trouve les mots et les gestes pour se faire une place dans la famille. Pierre Troadec reste d'abord sur ses gardes. Mais c'est allé très vite. Hubert est souriant, humble et serviable. Il fait bonne impression et réussit le test d'entrée. En quelques mois, il n'a pas seulement gagné son rond de serviette à table le dimanche midi. Il a conquis Renée, à laquelle il donnera du « ma belle-mère », et elle du « mon gendre », sans que jamais mariage n'ait lieu. Avec elle, il est aux petits soins. Avec Pierre aussi, à qui il donne volontiers un coup de main pour s'occuper du jardin. Renée est ravie de cette nouvelle histoire. Elle sent sa fille amoureuse. La suite semble écrite. En décembre 2006, Lydie quitte l'appartement de l'immeuble familial de Brest qu'elle occupait seule dans cette bien nommée rue Legendre. Direction la côte, Plouguerneau, à une trentaine de kilomètres : elle emménage chez Hubert.

En choisissant Lydie, Hubert hérite d'une deuxième famille, unie. Et d'un autre homme, tapi dans l'ombre de la figure tutélaire du père : Pascal Troadec, le fils aîné. Le chouchou de Pierre, celui qui porte son nom et lui a donné deux petits-enfants. Leur première rencontre est cordiale. Hubert et Lydie, sur la route de leurs premières vacances d'été vers la Charente, font escale au camping breton où Brigitte, Pascal et les enfants ont loué un mobile-home. Les deux hommes se ressemblent. Même gabarit, même chevelure foncée, trois ans d'écart. Hubert est technicien, Pascal électricien. Le destin de sa vie avec Brigitte l'a mené à Orvault, déracinant un peu la famille de son berceau finistérien. En février 2007, Brigitte et Pascal invitent Hubert et Lydie à passer quelques jours de vacances chez eux. L'occasion pour Pascal de profiter de sa sœur avec laquelle il s'entend bien, et de mieux connaître Hubert. Cette semaine n'a pourtant rien d'une idylle. Sébastien et Charlotte sont contents d'avoir du monde à la maison. Hubert est désormais leur « tonton ». Mais dans l'intimité de ces journées, des tensions affleurent. Pascal n'est pas toujours commode et s'emporte facilement. Brigitte tempère à sa manière, comme souvent. Même adultes, Pascal et Lydie se chamaillent, comme frère et sœur. Après leur mort, Hubert racontera que Pascal provoquait Lydie en lui collant le chat Ulysse dans les bras, alors qu'elle tentait de tomber enceinte. Que Brigitte la dénigrait, comme pour expliquer des débuts compliqués entre eux. Mais à cet instant, Hubert observe dans son coin et n'en pense pas moins. Au fond de lui, il sait déjà que cette nouvelle famille ne sera jamais tout à fait dans son cœur. Avec Pascal, les relations oscillent entre complicité feinte et méfiance masquée. Lydie et Hubert quittent Orvault un peu avant la date prévue, impatients de retrouver Plouguerneau, et leur tranquillité. La bonne nouvelle attendue tombe : Lydie est enceinte. Hubert aura un fils.

Décembre 2007. Premier Noël tous ensemble chez Pierre et Renée Troadec. Dans la grande salle à manger, le plan de table a parlé : Hubert et Pascal se font face, comme un destin scellé. Dans le brouhaha festif, ils se jaugent. Hubert observe Pascal, sa femme, leurs enfants. L'argent, déjà, est un sujet de conversation entre eux. La soirée est agréable. Pierre Troadec immortalise l'instant de son appareil photo. Une bouteille de vin rouge trône sur la table. Hubert le discipliné boit rarement de l'alcool. Mais il y a une bonne nouvelle à fêter en cette fin d'année. L'arrivée d'un premier enfant pour l'été. Pierre Troadec, entre la dinde et le fromage, se livre à une confidence tout en suspense : l'année prochaine, il leur annoncera une belle et très grande nouvelle.

Jusqu'alors, seule Renée était dans le secret. C'est à elle que son mari Pierre a confié son incroyable découverte, deux ans plus tôt, en 2006, à Recouvrance, quartier populaire de Brest où Pierre et Renée Troadec ont acheté un immeuble, dix ans après leur mariage. Longtemps, ce quartier s'appela Notre-Dame-de-Recouvrance, du nom de la Vierge que les femmes de marins honoraient par des offrandes avec l'espoir qu'ils « recouvrent » vite la terre ferme.

La vue sur le port et le nouveau téléphérique est imprenable. Recouvrance me rappelle le Bairro Alto, ce quartier animé et bohème de Lisbonne : des ruelles étroites, pittoresques, escarpées, dans lesquelles le vent gronde et s'engouffre avec force. On s'y sent à l'abri, c'est presque un village dans la ville. Une petite rue en pente douce se cache derrière le patronage laïque et le club de tennis de table. Voilà la discrète rue Laurent-Legendre, et son numéro 12, fief de la famille. Une bâtisse discrète datant de 1907, s'élevant sur deux étages, à la façade en crépi écru défraîchie et aux volets blancs, avec un bout de jardin derrière. Le couple l'a acquise en 1976. Après avoir franchi l'épaisse porte d'entrée bordeaux, un carrelage de couleur claire mène à un escalier en colimaçon qui dessert les deux niveaux. Quelle belle affaire, cet immeuble ! Pierre et Renée s'y sont installés au dernier étage avec

Pascal et Lydie, lorsqu'ils étaient enfants. Puis Lydie y a vécu seule, après que ses parents ont acheté leur maison de Guipavas en 1987, divisant l'immeuble en quatre appartements mis en location. Jusqu'à sa mort, Pierre conserva l'habitude d'y réaliser lui-même les petits travaux.

Comme ce soir de 2006, où il arrive muni de ses caisses à outils pour réparer des canalisations. En entrant, il s'est aussitôt dirigé vers la cave. Un sous-sol en terre battue et aux épais parpaings gris, où l'humidité vous saute aux narines. La suite, c'est sa femme Renée qui la racontera au plus fort de l'affaire aux nombreux médias et enquêteurs qui l'interrogeront. Ce soir-là, Pierre Troadec se résout à casser un morceau du mur pour atteindre des tuyaux. Un effort anodin pour cet ancien artisan plâtrier. Un geste sec, clinique, extraordinairement banal, mais dont il ignorera, jusqu'à sa mort, la portée. Les quelques centimètres de plâtre fendu ouvrent sur un trou. Une cachette secrète. À l'intérieur, une cassette. Surprise. Un curieux face-à-face se dessine. Un instant, il se croit dans un film. Qu'est-ce donc ? Comme un gamin fouillant dans le grenier de ses grands-parents, Pierre Troadec, genoux au sol, fait connaissance avec cet objet dont il perçoit aussitôt l'âge et la valeur. Dans son esprit, un curieux *flash-back* s'opère. Les images défilent en noir et blanc. Brest envahi par l'ennemi allemand, Brest bombardé, assiégé, Brest résistant se mêlent et le prennent au dépourvu, lui qui n'était qu'un bambin lorsque la Seconde Guerre mondiale a frappé. Il vient de découvrir ce que d'autres avant lui avaient enfoui. Après des siècles, Notre-Dame-de-Recouvrance vient de produire un nouveau miracle. Pierre Troadec vient de trouver de l'or. Et, sans le savoir, de faire entrer le diable dans sa famille. La guerre peut recommencer.

4.

Sébastien, l'envers des réseaux

« Où est Sébastien ? » La question ne se pose pas chez les Troadec. Il est dans sa chambre. Depuis toujours, c'est son refuge. Si, à tout juste vingt et un ans, le jeune homme aux cheveux courts châtains et aux yeux noisette est désormais locataire d'un studio d'étudiant en Vendée, sa chambre d'enfant à Orvault reste sa chambre d'enfant. Dans cette petite pièce du rez-de-chaussée, Sébastien a créé un univers. Écrans, câbles, réseaux, consoles, jeux en ligne, forums de discussion, Facebook, Snapchat, Twitter. Cet enfant 2.0 n'avait que dix ans en plein boum du numérique, au début des années 2000. Entre eux, c'est à la vie, à la mort. « Sébastien, quand il venait à la maison, à Landerneau, il regardait les ordinateurs, et il nous réparait tout ! C'est lui qui a configuré notre messagerie électronique ou installé le globe interactif des enfants », se souvient sa tante Hélène. « Quand je pense à lui, je le vois devant sa Playstation et son ordi », sourit son cousin Mathieu.

Combien de fois la voix de Brigitte a-t-elle résonné dans la maison pour tenter de le faire venir à table ? Peine perdue. Quand son fils est sur Internet, c'est comme s'il était au bout du monde. À l'heure du déjeuner, il monte à la cuisine chercher un pique-nique qu'il dévore sur son lit, le nez sur l'écran. Avec lui, la box Internet de la maison tourne à plein régime. Lycéen, après les cours, il restait collé devant son ordinateur jusqu'à une heure du matin. Sa fenêtre donne sur rue, mais Sébastien ne regarde pas Orvault et Orvault le lui rend bien. La plupart des voisins rencontrés ne connaissent pas son prénom, seulement son visage rongé par l'acné. Très peu d'ailleurs l'aperçoivent rue d'Auteuil, si ce n'est parfois pour rejoindre le tram ou le bus, à pied depuis la maison, sweat à capuche, sac sur le dos, casque sur les oreilles. C'est un taiseux, doux, qui vit dans un monde parallèle. Le sien. « C'était un gentil, il avait le profil nounours », susurre sa tante Martine. Son visage s'éclaire. « Il était calme, posé, intelligent, réfléchissait au sens des choses. »

Les copains à la maison, ce n'était pas vraiment le genre de la famille. Alors, préado, Sébastien s'était créé son petit monde virtuel, et tant pis si ça ressemble à un cloître. Brigitte et Pascal peuvent râler. Après tout, pour eux, mieux vaut cela que de le savoir dehors on ne sait où avec on ne sait qui. Où est Sébastien ? La réponse est toujours la même : Sébastien est *on line*. En ligne. Sur plusieurs sites à la fois. Certains voisins l'ont décrit esseulé et isolé ? Faux. Dans ce monde virtuel, il est partout à la fois, actif, bavard, blagueur. Combien a-t-il de pseudos différents déjà ? Plein. À s'y perdre. Le plus régulier : Sebi, son nom sur les sites de jeux vidéo en ligne. Sebi joue, beaucoup, il adore ça, *League of Legend* n'a pas de secrets pour lui. Sur les forums de discussion, comme Origin, Steam, Discord, Sebi tchate, énormément. Effacé, Sébastien Troadec ? En ligne, il parle, beaucoup, sans même donner de la voix. Avec des jeunes de son âge, de toute la France, connectés, comme lui, dans ce village mondial. De sa vie, de ses études, de ses passions, de musique, des filles. Il se fait remarquer pour son humour, tantôt drôle, tantôt lourd. Internet l'aide à exister, combler l'ennui, faire de bons mots et des rencontres, trouver un sens à son adolescence. Sur le Web, Sébastien est un autre. Sa blague préférée ? « À quoi ressembles-tu quand tu te réveilles le matin ? À Alain Deloin ! » Sébastien navigue dans les méandres de l'Internet comme un capitaine de marine bretonne. Trop, aux yeux de Brigitte et Pascal, qui décident un jour de couper l'accès à Internet à 22 heures.

C'était sous-estimer sa ruse. Pascal n'avait pas encore débranché la box que Sébastien avait déjà piraté le Wi-Fi des voisins pour surfer *incognito*. Quitte à perdre le contrôle, comme en 2013. C'est la seule fois où, vivant, il fit parler de lui. À l'époque, il étudiait encore au lycée Nicolas-Appert d'Orvault, en classe de première STI. Une nuit de novembre, connecté à jeuxvideos.com, son site fétiche, il a dérapé. « Demain, je vais à l'école avec mon nouveau flingue et je vais me faire une tuerie, mon lycée compte plus de mille personnes. » Bronca. Enquête de police. Convoqué au commissariat avec ses parents, celui qui n'a encore que dix-sept ans reconnaît son erreur, dément tout projet mortifère, se confond en excuses. Mais en février 2017, lorsque la famille disparaît mystérieusement, l'épisode ressurgit et contribue à braquer les projecteurs sur lui.

Pour mieux comprendre la personnalité de Sébastien Troadec, les policiers ont fait un vertigineux plongeon 2.0. Internet est une mémoire vivante où toute trace est enregistrée, tout passage indélébile. La seule preuve tangible à ce jour d'une vie après la mort. Le clic vaut ADN : il vous authentifie après coup, et vous confond. Dès le 23 février 2017, jour où la sœur de Brigitte prévient la police de la disparition suspecte de sa famille, la sous-direction de la police de Nanterre à la lutte contre la cybercriminalité entreprend un titanesque travail de recherches auprès des géants du Web, à coups de réquisitions envoyées, en anglais, aux quatre coins du globe. Une traque mondiale. Facebook, Twitter, Instagram, WhatsApp, Viber, YouTube, iTunes, Snapchat... L'ultra-connecté avait des comptes partout, mais n'était nulle part. Son empreinte génétique n'était pas encore identifiée dans la maison, que son empreinte numérique était disséquée. Il a fallu remonter le fil de ses discussions en ligne. Tenter de cerner le personnage. Identifier tous ces copains virtuels qui n'ont pour seul visage que des pseudos à lettres et à chiffres. Retrouver ceux avec lesquels il a parlé, jusqu'à très tard, la nuit du 16 février 2017, pour les interroger.

À ce stade des premières heures fatidiques d'enquête, les enquêteurs n'excluent ni que les Troadec soient séquestrés quelque part, ni que Sébastien soit impliqué. Internet a parlé, avec ses biais et reflets trompeurs. En exhumant ses conversations sur les sites de discussion et les réseaux sociaux, les policiers découvrent que Sébastien s'était plaint. De sa vie, de sa solitude, et de son père. « On arrête d'avoir peur du monstre en dessous du lit lorsqu'on comprend que c'est nous les monstres. Regarde autour de toi, tout est faux », se lamente le jeune homme sur son profil Instagram. 2014, il rédige un tweet à l'effet boomerang *post mortem* : « La chose que je déteste le plus ? Mon reflet. » C'était trois ans avant le massacre. Depuis, sa vie s'était accélérée : l'obtention du bac, du permis de conduire, le départ en Vendée, une première année de BTS validée, une seconde amorcée, de nouveaux copains entrés dans sa vie, le cordon avec Orvault coupé. Pour Sébastien Troadec, à vingt ans, il y avait un avant et un après. Mais le rapport officiel d'Internet, avec l'historique d'un vague à l'âme, l'a rattrapé. Au point de dessiner rapidement, parmi d'autres, l'hypothèse d'un crime familial dont il serait l'auteur. Puisqu'il s'était plaint de son père, alors il l'aurait peut-être tué, et les autres avec. Puisqu'il n'aimait pas son reflet dans le miroir, il voulait disparaître. La police et les médias le suspectaient, il était déjà mort et démembré.

Sur les avis de recherche officiels, avec les quatre portraits en médaillon de la famille, une mention spéciale accompagnait sa photo. « Les premiers éléments recueillis pourraient orienter l'enquête sur la personnalité du fils Sébastien », soupçonné « d'avoir mis en place un funeste projet visant à supprimer les membres de sa famille et peut-être lui-même ». Sur son ordinateur, les policiers ont tapé « meurtre », « violence », « père », « mère », « de Ligonnès », « couteau », « arme », « suicide », « séquestration ». Sébastien n'avait fait aucune recherche à partir de ces mots-clés. Trop tard. La piste avait fuité, et dans le vide des premiers jours d'enquête, elle nourrissait le feuilleton qui commençait.

Des photos du jeune homme postées sur Instagram, en revanche, pas un mot. Elles donnaient pourtant à voir que la vie n'était pas si morne chez les Troadec. Les dernières vacances en famille à l'été 2016. Cette maison louée dans le Sud-Ouest, en Gironde, à Soussans, en août, dont Sébastien photographiait fièrement la piscine. Les visites des vignobles, des châteaux, de la ville de Soulac, de la plage de Lacanau. Un *selfie* avec son éternel sweat à capuche et un tattoo fantaisie sur la joue. Le compte Instagram de Sébastien est un portfolio qui raconte en images les derniers mois des Troadec. Octobre 2016, la vidéo du feu d'artifice en Vendée. Décembre, jour de la Saint-Sylvestre, ses vœux. « Bonne année à tous », glisse-t-il sous la photo d'un arbre de Noël. « Au démarrage, c'était une hypothèse séduisante. Mais le travail d'enquête ne s'est pas borné à cette hypothèse-là », s'est justifié le directeur interrégional de la police judiciaire de Rennes, Gilles Soulié, lors d'une conférence de presse. Le « fils tourmenté », comme l'a surnommé le quotidien *Aujourd'hui en France* pour titrer son portrait, n'avait ni projet mortifère ni l'âme d'un criminel. Derrière ses fragilités d'ado, sa fadeur apparente, son bonheur encore enfoui, Sébastien avait des rêves. Il se destinait à la cybersécurité. Le gamin né en 1996 à Bondy voulait revoir Paris. Intégrer l'École 42 de Xavier Niel. Celui qui fut présenté à tort comme un jeune homme déboussolé, renfrogné, savait. Il savait qu'un jour, son terrain de jeux fétiche lui ferait une carrière.

11 février 2017 : six jours avant sa mort, il fête ses vingt et un ans et égrène ses bonnes résolutions : améliorer ses notes, bannir le verre de trop en soirée, mincir. Devenir « beau gosse ». Sébastien aimerait plaire, mais il n'est ni un dandy ni un séducteur-né, et en joue. Son arme de séduction ? L'humour noir. « Il était très second degré, il avait l'humour un peu froid de sa mère », éclaire sa tante Martine. Le voilà en deuxième année de BTS systèmes numériques au lycée Saint-Gabriel de Saint-Laurent-sur-Sèvre, près de Cholet, en Vendée. Là même où Arthur Dupont de Ligonnès, fils de Xavier, étudiait lui aussi six ans plus tôt avant de finir enterré sous la dalle du jardin familial. Curieuse malédiction. Encore un détail macabre pour l'incriminer : et s'il s'était inspiré de l'affaire Ligonnès ? En Vendée, ses camarades de classe le décrivent jovial, plaisantin, intégré, généreux. Un « gentil », « pince sans rire », qui « bosse », « aime faire la fête », « rend des services ». Il dépanne facilement les copains, en euros ou en Wi-Fi. « Je ne le vois pas faire de mal à une mouche », martèlera l'un d'eux, échaudé par la présence des caméras devant les portes du lycée, et qui, comme d'autres, requiert l'anonymat. Rien à voir avec le gamin recroquevillé qu'il a été. Cholet n'est pas Orvault. Son cousin Mathieu, du même âge, a passé le dernier Noël

avec lui. « Il avait grandi, maigri, se tenait beaucoup mieux. Avant, il se cambrait, il penchait la tête en avant, se tenait mal. On a vu physiquement qu'il s'était ouvert. » Sébastien lui conseille des séries. *Shameless*, ou *Peacky Blinders*, qu'il a dévorées sur Netflix. Ils jouent à la Playstation. « Il m'épatait. Il connaissait tout par cœur, c'était impressionnant. Il fabriquait lui-même des circuits informatiques. »

Mathieu a vidé son appartement à Saint-Laurent-sur-Sèvre, avec sa mère Martine et sa tante Hélène, quelques semaines après les obsèques. « Rien n'avait bougé. C'est comme s'il était parti faire les courses et qu'on soit arrivés pendant ce temps-là », raconte-t-il. Assis dans le salon de ses parents, entouré des coupes en argent gagnées lors de ses courses automobiles, son visage se fige. Les souvenirs s'empilent. L'image d'un garçon esseulé et taciturne lui est insupportable. « On a rencontré son voisin du bout du couloir qui était devenu son ami. Et à son enterrement ses amis étaient là. Sébastien pensait que son acné faisait fuir les filles quand il était au lycée. Mais aux obsèques, il y avait ses copains... Et ses copines. Et puis, je revois Sébastien avec ses parents. Il aimait beaucoup taquiner son père, souvent parce qu'il n'arrivait pas à bien utiliser son téléphone. Et il adorait sa mère. Jamais il ne se serait attaqué à eux. Quand les enquêteurs ont ouvert cette piste, ça m'a paru invraisemblable. Ce n'était pas un garçon violent. » Avec lui, en famille, Sébastien semblait bien dans sa peau. « Il parlait beaucoup plus qu'avant. Il racontait ses soirées. Il avait eu une voiture, il était autonome. Il me disait : "Maintenant, je peux sortir." »

Sébastien aime la fête, les ambiances enfumées, boire de la vodka et de la bière, aux sons de l'électro ou du groupe Sexion d'assaut. Celui qui a longtemps fui le regard des autres se lâche, s'affirme, goûte à l'indépendance, sans totalement voler de ses propres ailes. Une ou deux fois par mois, il vient passer le week-end chez ses parents. Les vacances scolaires aussi. Comme pour cet hiver de février 2017. Il est arrivé à Orvault, seul, au volant de sa voiture, qu'il a garée juste devant la maison. La famille a fêté son anniversaire. Charlotte, avec laquelle il joue le rôle de grand frère protecteur, lui a offert un jeu vidéo. Il a repris ses habitudes. Ses nuits sur Internet, comme celle du 16 au 17 février. Minuit passé, dans le silence de la rue d'Auteuil, il pianote toujours sur son téléphone. Des SMS en rafale. Il s'inquiète auprès d'une copine, dans une conversation écrite sur Facebook, de ses résultats scolaires en baisse qui contrarient sa mère et pourraient mettre en péril son diplôme de BTS. Sébastien envoie des textos, jusqu'à 3 heures du matin passées. « Je go dodo », écrit-il à son amie, à 3 h 10, « bonne soirée », suivi d'un smiley. Un dernier sourire, virtuel, sans savoir qu'il est sur son lit de mort. Sans imaginer qu'une semaine plus tard il sera au centre des conversations sur tous ces forums d'ados où il était devenu un personnage. Que quelques petits malins croisés jadis sur ces tchats s'improviseront enquêteurs, pirateront ses comptes, brouilleront le travail des policiers. Il s'apprête à dormir. Peut-être pense-t-il aux prochains jours, quand, rentré dans sa chambre d'étudiant, il fêtera son anniversaire avec ses amis. Au lieu de quoi, journaux et télés placarderont son visage. Devant la France entière, sa mémoire sera salie. Téléphone en main, calé sur l'oreiller, l'écran et la vie devant lui, il s'est endormi.

5.

Le miracle de l'or

C'est donc de là que tout est parti. De cette immense pièce voûtée où je pénètre avec surchaussons blancs, casque de protection et gants en plastique bleus, escorté d'un capitaine de frégate et d'un maître principal de l'armée. Dans ma poche, le badge officiel, précieux sésame pour pénétrer dans cette zone militaire, échangé contre ma pièce d'identité. Nous sommes un vendredi 13, jour de chance. Pour la première fois, je mets les pieds dans une poudrière. Les murs sont recouverts de suie, le sol de terre battue, six mètres de hauteur nous séparent du plafond, et le poids du passé me ratatine. Dans un noir profond, nous empruntons des dédales de couloirs très étroits, à l'aide d'une lampe de poche. Nous voici dans la grande salle sud. En 1939, cet ancien lieu de stockage de poudre et de munitions est devenu l'un des plus grands coffres-forts au monde, couvant une incroyable réserve d'or. Je suis à sept kilomètres du port militaire de Brest, au fort du

Portzic, cet édifice de défense bâti face à la mer en 1693, par Vauban, qui comme tant de grands hommes, a veillé sur l'histoire de Brest et couvé des yeux sa rade. Elle renferme un trésor : la base navale, l'une des plus importantes au monde.

Pénétrer dans ce lieu, aujourd'hui condamné, est un fascinant voyage dans le passé et cette époque fastueuse, où la France était riche, gorgée d'or. Jusqu'à ce mois de septembre 1939 et ce qu'on nomma la « drôle de guerre ». L'Allemagne avait envahi la Pologne. La France et son allié anglais avaient déclaré la guerre à l'Allemagne. Avec un impératif absolu : ne pas laisser à l'ennemi ce que l'Hexagone détenait de plus précieux, son or. Sentant poindre des vents défavorables et de redoutables combats, le gouvernement français prit par précaution une décision radicale et historique : évacuer l'or de Paris. Dans la capitale, à vingt-six mètres sous terre, dans les sous-sols de la Banque de France, 2 435 tonnes d'or dorment dans un bunker qu'on appelle « la Souterraine ». Seize mille mètres carrés abritant la deuxième réserve d'or au monde après celle des États-Unis. Des plans d'évacuation et de répartition de l'or sont prêts. Le 28 août 1939, l'extraordinaire épopée s'engage : le butin est exfiltré vers cinquante et une succursales de la Banque de France. En un mois, trente-cinq camions vident la Souterraine. Le 29 septembre 1939, il n'y a plus un gramme d'or à Paris.

C'est un homme qui a du nez, et un sens inné du rapport de force. Il porte une fine moustache, de petites lunettes rondes, et une raie au milieu des cheveux parfaitement tracée. Lucien Lamoureux est le ministre français des Finances. Dès mai 1940, face à la menace imminente, une intuition le dévore : il veut évacuer l'or encore présent en France en lieu sûr, vers le Canada et les États-Unis. Mais le président du Conseil de l'époque, Paul Reynaud, son supérieur direct, n'entend pas les choses de cette oreille. Évacuer l'or de France ? Autant battre en retraite ! Ce serait un aveu de faiblesse symbolique dans cette guerre qui se prépare. Sauf que les choses s'accélèrent. La « drôle de guerre » s'est muée en guerre tout court. Le 10 mai, les Allemands lancent l'offensive générale à l'ouest, contre la Belgique, les Pays-Bas, le Luxembourg et la France. Le 14 mai 1940, en plein Conseil de guerre, Lucien Lamoureux revient à la charge, met sur la table un plan d'évacuation, argumente, bataille, résiste. Pour une décision si politique, il lui faut le soutien du gouvernement. Raté. Ses collègues font la moue. Paul Reynaud, inflexible, redoute une réaction de panique des Français. Vingt-quatre heures s'écoulent, et après une nuit blanche, Lucien Lamoureux contre-attaque. C'est décidé : il passera en force, qu'importe le prix. Les combats n'ont pas commencé mais lui pense déjà à la reconstruction du pays et aux bouches à nourrir. Protéger l'or aujourd'hui, c'est sauver la France demain. Il enclenche alors un terrible compte à rebours en intimant ordre à la Banque de France d'évacuer l'or des succursales régionales vers les trois principaux ports français. Le président du Conseil ferme les yeux, alors que les premiers trains convoient le précieux métal vers

Toulon, le port du Verdon en Gironde, et Brest. Brest, cap terminal de l'Europe, l'ouverture sur l'Atlantique, le point le plus proche des États-Unis, pays neutre dans la guerre et ami de la France. Le 21 mai, deux premiers croiseurs quittent la rade de Brest avec 212 tonnes à bord. « Notre or était déchargé au Canada, à Halifax, puis transitait par train blindé vers la Banque centrale de New York », raconte Didier Manas, le chef du service du patrimoine historique et des archives, dans son bureau de la Banque de France, à Paris. Le 27 mai, alors que la Belgique vient de capituler, un Conseil des ministres de crise se tient à Paris. Surprise : le président du Conseil griffonne un petit mot et le fait passer à Lamoureux. « Où en êtes-vous avec l'évacuation de l'or ? » Le feu vert est tardif, Lamoureux, soulagé. C'est en cours.

À mesure que se livrent les premiers combats, Brest devient un incroyable théâtre d'opérations. Entre le 30 mai et le 14 juin 1940, soixante convois ferroviaires bourrés d'or arrivent de toutes les succursales de France et entrent dans l'arsenal. Une fois à quai, sur le port, il faut le décharger et l'envoyer par la route à sept kilomètres de là : dans les poudrières du fort du Portzic. « On a envoyé l'or par rotations de camions au fort du Portzic, surveillé par des gardes, des soldats, une forte protection », détaille l'historien brestois Alain Boulaire, auteur d'une thèse remarquée sur Brest et la marine royale. Deux hommes de la Banque de France sont à pied d'œuvre. René Gontier, le contrôleur principal, et Félix Stiot, chef de service chargé de réceptionner et d'entreposer l'encaisse. « C'étaient des hommes de caractère, on ne les avait pas choisis pour rien ! » soutient Didier Bruneel, ancien directeur général de la Banque de France. Gontier ? « Un emmerdeur ! », pas du genre à laisser filer le moindre sou. « C'était Dieu le Père ! Un homme fort, puissant, qui s'imposait. » Tous deux supervisent les opérations, réquisitionnent jusqu'à trois cents personnes pour une évacuation menée à dos d'homme. Chaque sac de pièces, chaque caisse de lingots est soigneusement comptabilisée, répertoriée, avec bordereau et rigueur militaire. Voilà le fort du Portzic plein comme un œuf : 16 201 colis en caisses et sacoches trouvent refuge dans ses immenses poudrières. Soit 736 tonnes ! Le fort de pierre s'est mué en temple de l'or. Aujourd'hui encore, ces poudrières où j'avance en tâtonnant sentent l'histoire, la peur et la sueur. L'affolement, l'effort et l'angoisse. Car sécuriser l'or n'est pas gagner la paix. La guerre est engagée. Le garder dans le fort, même sous haute protection, serait une hérésie. L'or doit gagner la mer vers des terres de paix.

11 juin 1940 : sur les hauteurs du port de Brest, des badauds observent un majestueux navire s'apprêtant à prendre le large. Son nom ? *Émile-Bertin*, surnommé le « lévrier des mers », le seul capable de supporter une cargaison de 254 tonnes d'or. Le voilà qui quitte la rade de Brest en majesté et s'élance sur l'Atlantique, vers Halifax, au Canada. René Gontier et Félix Stiot respirent un peu. C'est toujours cela de sauvé. D'autant que la suite est prête : le 16 juin,

cinq navires embarquent en rade de Brest tout l'or restant. Mais la débâcle est là. Le 17 juin, le maréchal Pétain, nouveau chef du gouvernement français, annonce la capitulation. À Brest, l'amiral ne veut pas y croire, tandis que la Banque de France, institution privée, refuse de suivre les ordres du maréchal. L'évacuation est brièvement suspendue. Et le bruit court : les Allemands approchent de la pointe Finistère. L'horloge tourne. Il faut redoubler de vitesse pour évacuer l'or du fort du Portzic et l'envoyer en mer.

René Gontier ordonne d'accélérer le mouvement. Le lendemain, une gigantesque chaîne humaine se forme entre le fort et les quais. Sacs et caisses d'or arrivent un par un, à mesure que le rythme cardiaque des marins s'emballe. Ils chargent l'or sur leur dos. L'ultimatum est fixé à 18 heures : à cette heure-là, avant la tombée de la nuit, toute la flotte qui pourra naviguer devra avoir quitté le port. Au commandement militaire de Brest, le téléphone sonne. C'est le général, à Rennes. « Je vois les Allemands défiler sous mes fenêtres. » Ce sera son dernier appel. Dans quelques minutes, lui et son état-major seront faits prisonniers par l'ennemi. Combien de temps mettront les troupes allemandes pour gagner Brest depuis Rennes ? Pas le temps de réfléchir. « Ce 18 juin, il est 11 heures, et il reste encore 400 tonnes d'or au fort du Portzic », rappelle l'historien Alain Boulaire. Il faut mettre les bouchées doubles. Mais les hommes et les moyens manquent ! Un heureux coup du sort sauve la mise : onze grands camions abandonnés par l'armée anglaise sont récupérés et remis en état à la va-vite. Ils permettent chacun de stocker 6 tonnes. Tous les marins locaux sont mis à contribution. Les hommes de la DCA, la défense contre avion, abandonnent leur surveillance du ciel malgré les bombardements allemands pour se joindre à l'incroyable épopée qui se joue sur le port. Les marins prisonniers enfermés dans les geôles de Pontaniou, juste au-dessus, sur les hauteurs de Recouvrance ? Libérés, pour prêter main-forte ! Il faut imaginer la scène : trois cents hommes sous les bombes, dans une agitation et une tension extrêmes, évacuent ce trésor sans lequel la France ne pourra se reconstruire après guerre. Et sur lequel Pétain comme l'ennemi allemand lorgnent. Tout le personnel est mis à contribution, des cuisiniers aux secrétaires, peu habitués à transporter des caisses de soixante kilos. Rocambolesque. « Les caisses sont sorties de la poudrière, placées dans des camions, puis chargées sur les navires. Toutes les opérations sont encore une fois effectuées à bras d'homme : ils font la chaîne du fort au camion, du quai aux soutes », écrit Didier Bruneel. Celui-ci s'est plongé dans les archives de la Banque de France, exhumant de nombreux documents et témoignages inédits, pour reconstituer le puzzle de ce qu'il a appelé « la bataille de l'or ». Cet incroyable déménagement s'opère dans une ambiance crépusculaire, sous les bombes des avions allemands. Les routes sont en piteux état entre le port et le fort, les liaisons téléphoniques difficiles. Les croiseurs, chargés simultanément, doivent prendre le large avant la tombée de la nuit. « Il n'y a plus vraiment de service d'ordre. Tout est déchargé en vrac sur le quai et on va l'embarquer très vite. Il y a plein de caisses », raconte Alain Boulaire.

Sous les bombardements, certains marins paniqués prennent la poudre d'escampette. Des gardes mobiles chargés de surveiller les cargaisons et des gendarmes eux aussi s'enfuient, par peur de perdre la vie. Des marins les remplacent au pied levé. « C'est le chargement le plus critique, sous le feu des balles de l'ennemi », complète Didier Manas. Et diable que la rade est sale ! Les navires chauffés au charbon déversent en mer un liquide qui s'ajoute au mazout et aux rejets des égouts. L'air empeste, mais des nuées de matelots en uniforme continuent à charger l'or dans une précipitation indicible. Un véritable ballet de caisses en chêne, à l'intérieur desquelles les lingots ont été recouverts de paille, pour éviter que leur entrechoc ne produise un émiettement de l'or. Les pièces, elles, sont dans des sacs, eux-mêmes chargés dans des sacoches. Sur le port, un à un, les cinq navires français prennent la mer et fuient la rade de Brest vers Dakar. « Ce qui est extraordinaire, c'est qu'à 17 h 45 les dernières caisses sont chargées », sourit Alain Boulaire. L'or français est sauvé *in extremis*. Il échouera à New York, à la Martinique, à Dakar, et fera l'objet de toutes les convoitises politiques.

Quand le lendemain matin, 19 juin, vers 10 heures, les troupes allemandes débarquent à Brest, impatientes de faire main basse sur le joyau français, stupeur. La rade est vide. La succursale de la Banque de France ? Vide. Le fort du Portzic ? Vide. Les bombardements reprennent de plus belle. Les réservoirs d'essence, les citernes de mazout, les stocks de munitions, tout explose. Le port s'écroule. Brest peut mourir bombardé. Tout l'or est déjà loin. Tout. Ou presque.

6.

Charlotte, la soif de vie

« Et tu es partie fragile vers l'au-delà. » Écouter Barbara chanter *Une petite cantate*, penser à Charlotte Troadec, « partie fragile vers l'au-delà », du haut de ses dix-huit ans. « Elle n'était que joie de vivre », s'exclame sa meilleure amie Émeline. « Je vois tout de suite une fille souriante et joyeuse », répond-elle du tac au tac quand on lui demande quelle première image lui vient en tête en évoquant celle qu'elle a rencontrée en classe de sixième, au collège Jean-Rostand d'Orvault. Entre elles, le courant passe vite, et leur amitié donne naissance à une bande. En classe de quatrième, les filles sont désormais quatre. Charlotte, Émeline, Natacha, Célia. Complices, espiègles, appliquées, inséparables. Charlotte n'est pas la plus douée, elle pèche en mathématiques et se bat avec la grammaire. Mais ses professeurs l'assurent : celle qui est souvent installée au premier rang est une élève sérieuse, à laquelle le conseil de classe délivre systématiquement les encouragements.

À la maison, Brigitte vérifie les devoirs, les notes, se rend aux réunions parents-profs. Depuis la naissance des enfants, elle travaille à 80 % pour s'investir auprès d'eux. Brigitte est mère poule, Charlotte est « fifille », comme le rapporte dans un sourire sa tante Martine. Pour pallier ses difficultés en logique, pour corriger sa légère dyslexie, Brigitte emmène sa fille chez l'orthophoniste. Leur travail ensemble durera huit ans. Charlotte progresse, prend goût à l'écriture. À douze ans, elle entame la rédaction d'un journal intime, point de départ d'une adolescence contrastée qu'elle couche noir sur blanc, de son écriture ronde, dans sa chambre du rez-de-chaussée, près de celle de son frère Sébastien. Au mur, elle affiche de grands posters de Marilyn Monroe, des photos de ses copines, ses souvenirs d'un week-end à Amsterdam. Elle a aussi repeint un mur entier d'un rouge bordeaux vif. « Chacha », comme la surnomment ses amies, rêve d'une vie haute en couleur.

La dernière des Troadec n'est ni une petite fille modèle ni une délurée. C'est une débrouillarde, sensible, facilement débordée par ses émotions. Une brouille avec une copine, et Charlotte s'en fait une montagne. Une déception amoureuse, et c'est la fin du monde. Discrète, manquant d'assurance, Charlotte porte le poids du monde sur ses épaules, et se faufile, quasi transparente, d'une classe à l'autre, en élève moyenne et studieuse. La voilà en classe de seconde, au lycée Talensac, où elle avance vers le bac sur la pointe des pieds, mais vers sa vie d'un pas ferme : elle veut un travail au service des autres. L'innocence des enfants ou la vulnérabilité des personnes âgées l'émeuvent. Le film *Intouchables* avec Omar Sy et François Cluzet campant le rôle d'une personne handicapée l'a bouleversée. Celle qui a obtenu un diplôme de sauveteur-secouriste rêve tantôt d'humanitaire, tantôt d'un rôle auprès des tout-petits atteints de leucémie. Dans le cœur de Charlotte Troadec, il y a de la place pour toutes les causes du monde. Elle n'aime pas attirer l'attention sur elle, mais elle observe et absorbe. Elle n'a alors que seize ans mais a trouvé sa voie : le social. Et tout s'imbrique en conséquence. Le choix d'une filière spécifique en première et terminale axée sur les soins à la personne. Un stage dans une maison de retraite, puis un autre dans un EHPAD, puis encore un autre dans une crèche. « Ne baissez pas les bras », lui intiment ses professeurs.

Elle obtient son bac spécialisé, mention assez bien, qui lui ouvrira à la rentrée les portes d'un BTS en Vendée et d'une nouvelle vie à cent vingt kilomètres d'Orvault. Brigitte affiche fièrement le relevé de notes sur le frigidaire. Le soir des résultats pourtant, à l'été 2016, Charlotte ne veut pas sortir. Car de la bande de copines, l'une n'a pas décroché le précieux sésame. « Charlotte du coup ne voulait pas aller faire la fête. On a dû insister », se souvient Émeline. Du Charlotte tout craché. Les autres d'abord, et elle après. La fête a eu lieu. Comme toujours, au Hangar à bananes, sur la presqu'île de Nantes, terre de prédilection de cette jeunesse qui aime rire, boire et danser. Charlotte a ses adresses, Le Baroque, la Calle, L'Australian, ses trois bars fétiches. Elle vient d'avoir dix-huit ans et la nuit lui appartient. Le vendredi soir, elle sort à Nantes avec Émeline, dont le père viendra les rechercher en voiture, quelle que soit l'heure, souvent au petit matin. Il raccompagnera chez elle celle qui est désormais étudiante en BTS services et prestations du secteur sanitaire et social, à Fontenay-le-Comte, au centre les Abeilles, entre La Roche-sur-Yon et Niort. Pascal et Brigitte lui louent un petit appartement tout près de l'école, qu'elle décore de plantes artificielles et d'une affiche avec des ananas qu'Émeline lui a offerte. Chaque mercredi, Brigitte la rejoint. Elles passent l'après-midi toutes les deux, vont au supermarché Leclerc. Les deux femmes Troadec ont la même taille, les mêmes yeux en amande, et ce même humour un peu distancié. « C'étaient les vrais moments mère-fille », explique Émeline. Mais quand vient le vendredi, l'appel de Nantes et des soirées entre copines emporte tout. Charlotte porte peu de bijoux, ne se maquille pas les yeux, mais pour sortir, elle aime mettre une robe, remiser ses jeans coupés slim foncés, se colorer les lèvres d'un rouge vif ou bordeaux. Sur les photos soigneusement conservées par Émeline, quelques semaines avant sa disparition, Charlotte prend la pose, yeux noisette, cheveux châtains mi-longs, radieuse. *Selfie* sur les quais de la Loire, près de l'île aux Machines, où les désormais jeunes majeures prennent l'apéro, avant d'aller danser. Dans les bars, les tubes s'enchaînent, Charlotte aime boire une bière ou une vodka Red Bull, chanter les tubes de Bruno Mars, Ed Sheeran, Marina Kaye, ou l'artiste nantaise Christine and the Queens. « Elle se faisait des petits concerts. Elle chantait tout le répertoire de Bruno Mars et m'envoyait les vidéos d'elle par Snapchat », sourit Émeline. Sur son iPad, Charlotte regarde en replay

The Voice, le grand concours de chant de TF1. Elle a un coup de cœur pour la jeune révélation Élodie Martelet. Charlotte chante, Charlotte danse, se livre aussi.

« C'était une bavarde. Elle avait toujours la bonne parole marrante, même sans le vouloir. Charlotte, c'était du genre à tout raconter, à tout montrer, à envoyer des vidéos, même de ce qu'elle faisait à manger... » Avec sa meilleure amie, Charlotte partage ses fous rires devant Cyril Hanouna et son *talk-show*, *Touche pas à mon poste*, le soir sur C8, dont elle est fan. Ou devant les YouTuber Norman et Cyprien. Elle dévore la série *Orange is the new black* et brandit ses engagements pour défendre les minorités sexuelles. L'attentat homophobe contre la boîte gay le Pulp qui fit quarante-neuf morts à Orlando en juin 2016 l'a atteinte dans sa chair. Pour la première fois de sa vie, Charlotte va voter. Et elle sait déjà pour qui : Jean-Luc Mélenchon. Sous ses airs policés, la jeune femme est une insoumise. Elle a lu le court opuscule *Indignez-vous* de l'ancien résistant Stéphane Hessel. Quelques jours avant sa disparition, l'étudiante oscille entre petits tracas et appétit de vivre. L'écran cassé de son téléphone portable la chagrine, elle cherche une solution de remplacement à moindre coût. Ce 14 février 2017 qui arrive et cette Saint-Valentin, qu'il est si délicieux de snober, mais qu'il serait tellement mieux de passer dans les bras de quelqu'un. Sa difficile recherche de stage pour le printemps, indispensable pour conclure sa première année de BTS à Fontenay-le-Comte. Le jeudi 16 février, jour de sa disparition, Charlotte passe un entretien dans l'après-midi, à Nantes.

Ce stage à décrocher est devenu la priorité de la famille, c'est la raison pour laquelle les Troadec ne partent pas en vacances, d'hiver dans le Finistère, comme elle en avait l'habitude. « Quelques jours avant sa disparition, Brigitte m'a envoyé un SMS pour me dire qu'ils ne partaient pas en vacances, car elle aidait Charlotte dans ses recherches de stage », confirme sa sœur Hélène. L'entretien s'est bien passé, la partie semble gagnée.

Petit à petit, Charlotte emboîte méthodiquement les pièces de son puzzle de vie. Elle vient d'obtenir son code et enchaîne les leçons de conduite. Elle économise pour s'acheter une voiture, ses parents l'y aideront. Brigitte consulte les petites annonces sur Leboncoin. Pour Charlotte, la route se dégage. Restent encore les relations souvent ombrageuses avec son père à adoucir. Les zones d'ombre de la brouille familiale avec sa grand-mère, Renée, à éclaircir. La dame du Finistère ne leur adresse plus un mot. Elle a disparu des radars, au même titre que Lydie, la sœur de Pascal. Sur ces sujets d'intimité familiale, Charlotte ne s'éternise pas. Elle s'en est épanchée un peu auprès d'Émeline, puis est passée à autre chose, préférant partager ses projets que ces histoires de famille qui lui échappent un peu. L'avenir est plus fort. L'instant présent, à vivre intensément. Charlotte est athée mais s'est forgé sa propre religion, qu'elle a solennisée d'un post sur Facebook, le 10 avril 2016 : « Ne laisse jamais les ombres d'hier obscurcir la lumière de demain. » Sa vie s'accélère. Elle croit en sa bonne étoile, enfin.

De « lui » en revanche, pas un mot. « Lui », c'est Hubert Caouissin, ce nom qu'Émeline ne prononce pas, cet homme dont Charlotte ne parlait pas. En ce mois de février 2017, voilà déjà deux ans et demi qu'elle n'a ni revu son visage ni entendu le son de sa voix. Elle ignore qu'il serait venu rôder, à la nuit tombée, autour de la maison. Les relations ont pourtant été cordiales, autrefois. Sans amour ni désamour. L'album photo de la famille regorge de clichés de ces repas dominicaux chez la grand-mère Renée. On y voit tantôt Charlotte à table le soir de Noël, tantôt Charlotte promenant en poussette son petit cousin. À cette époque, sur les clichés publiés dans *Paris Match* en mars 2017, tous affichent un sourire radieux. Mais les photos ont jauni, et entre les Troadec d'Orvault et le couple Troadec-Caouissin du Finistère, le film s'est soudainement interrompu, plongeant la famille dans le noir total. Le conflit qui les oppose se compte désormais en années. Dans cette famille désormais fracturée, Charlotte a continué à grandir, privée de sa grand-mère Renée, de sa tante Lydie, de son oncle Hubert et de son petit cousin. Un après-midi de juin 2014, Charlotte assiste sans le savoir, malgré elle, à un des épisodes fondateurs qui l'emmèneront, moins de trois ans plus tard, fragile vers l'au-delà.

Ce lundi-là, elle était à la maison, seule avec Sébastien, à quelques jours des vacances d'été. Les lycéens ont déjà déserté les salles de classe. Pascal et Brigitte eux sont au travail. Hubert Caouissin et Lydie Troadec se rendent dans la région nantaise, pour un rendez-vous médical avec leur fils. Hubert fait un crochet par Orvault. Vers 14 heures, il se gare devant le 24, rue d'Auteuil, avec l'intention d'avoir une explication avec son beau-frère

Pascal et sa femme Brigitte. Il sonne à la porte et surprend les enfants dans le calme de la maison. Charlotte se penche à la fenêtre. Et Sébastien ouvre la porte, tombant nez à nez avec cet oncle qu'il n'attendait pas. Hubert n'a pas annoncé sa visite. Charlotte observe la scène depuis la fenêtre du premier étage où elle regarde la télé dans le salon. Elle n'a pas bougé. Et n'a sans doute rien compris de ce qui se tramait là. Pas plus que son frère, face à face avec cet homme qu'il connaît bien mais à qui la mâchoire serrée, le propos confus et la démarche cavalière donnent un tout autre visage. Hubert Caouissin aussi se souvient bien du moment : c'est lui qui l'a raconté aux enquêteurs, en garde à vue, expliquant qu'il était venu « passer un message » à destination de son beau-frère. Mais c'est un rébus qu'il délivre à un ado incrédule. Dans cette conversation brouillonne, un mot résonne plus que les autres : « or ». Sur le pas de la porte, Hubert évoque un « magot de pièces d'or » dont il a connaissance, et un « arrangement » à trouver avec son père. Un monologue plus qu'un dialogue, sans armes égales. Puis il est reparti comme il était venu, rapide, surprenant, si singulier. Sébastien a refermé la porte, circonspect, et alerté ses parents de cette déroutante visite. Ils sont tombés des nues. Et d'assez haut pour que Brigitte s'en ouvre à sa sœur le soir même. « Elle m'a appelée vers 21 heures, ce n'était pas dans ses habitudes à cette heure. Elle m'a dit : "Tu te rends compte, il est venu à la maison !" Elle était choquée », raconte Hélène, qui pour la toute première fois entend parler de cet or supposé. Elle perçoit l'inquiétude de Brigitte. Habituellement, les contrariétés restent derrière les portes, dans cette famille où l'on partage davantage l'ordinaire du quotidien, et où l'on tait ses tourments. « Nous lui avons conseillé d'aller à la gendarmerie. Elle nous a dit qu'elle s'était rendue au commissariat de Guipavas. Mais il n'y a pas eu de main courante déposée. Les gendarmes lui ont répondu : "Si on devait se mêler de toutes les histoires de famille"… Cela a donc été classé sans suite », poursuit Hélène.

Des lingots d'or ? Émeline, l'amie de Charlotte, hausse les épaules. « C'est n'importe quoi. Débile. Ça m'aurait presque fait rire », balaie-t-elle. La jeune fille a découvert ébahie l'existence présumée d'un trésor dans la presse, après la mort de sa meilleure amie. Avec ses autres copines, elles ont suivi, souffle coupé, les conférences de presse du procureur de la République en direct à la télé, seuls repères fiables pour elles dans le tsunami médiatique. « Je n'avais que les médias pour avoir des informations sur le suivi de l'enquête », regrette-t-elle, alors que nous sommes attablés, un an après les faits, au calme dans une brasserie nantaise, face à la Loire. Deux heures de conversation ininterrompue, pendant lesquelles elle n'a même pas voulu d'un verre d'eau. Elle résume ce qu'elle a vécu : « Tu as dix-neuf ans, tu vis à Orvault, tu ne demandes rien, et là tu vois la photo de ta meilleure amie qui tourne partout. T'as l'impression d'être dans un film. Je lisais tout, et je ne savais pas qui croire. Les médias ne mâchaient pas leurs mots. J'ai vu un reportage sur TF1 qui faisait la reconstitution de la maison, avec la disposition des chambres. C'était faux. Moi, je connaissais la maison. Les gens prennent ça comme un feuilleton. »

Les films d'horreur, elle et Charlotte les préféraient sur grand écran, avec générique de fin et retour des lumières. Ensemble, elles étaient allées voir *Paranormal Activity* et *Annabelle*, la poupée maléfique, au cinéma. Le vendredi 11 février 2017, quelques jours avant le drame, les deux amies passent la soirée ensemble. Charlotte a perdu sa carte d'identité, et ça la tracasse. Un repas chez Burger King, au centre commercial près de Saint-Herblain, puis un ciné toutes les deux. Le deuxième volet de *Cinquante nuances de grey*. Puis Charlotte est rentrée chez elle, reprenant les jours d'après ses petites vidéos quotidiennes pour se raconter en *stories*. Le jeudi 16 février, vers 18 heures, elle envoie à Émeline une vidéo d'elle, dans sa chambre. Une dernière apparition avant l'absence, brutale. Plus un son, plus une image. Une semaine de silence plombant pour Émeline qui cherche à la joindre. Elle écrit même à Sébastien. Toutes les copines s'y mettent. C'est du réseau social Facebook que viendront les nouvelles, le vendredi 23 février. Assise dans son canapé, Émeline découvre un article posté par le journal *Presse Océan*, et ce titre : « Disparition d'une famille à Orvault, des taches de sang retrouvées dans la maison ». Sur la photo, instantanément, elle reconnaît le pavillon. Pendant trois semaines, les rebondissements de l'affaire s'afficheront en continu sur son fil Facebook. Un pantalon et la carte vitale de Charlotte retrouvés à Dirinon. L'absence de traces de son sang dans la maison. La découverte de la voiture de Sébastien à Saint-Nazaire.

Tous ces gros titres. De « Où sont passés les Troadec ? » en minuscules à « Macabre jeu de piste », et enfin, en lettres majuscules, noires, grasses, agressives, à la une du *Parisien*, « MASSACRÉS ». Émeline débranche tout. Coupe les réseaux sociaux. Hubert Caouissin vient de passer aux aveux. Tous les journaux télé s'ouvrent avec le drame. Émeline décide que, désormais, ce sera sans elle. Que sa Charlotte doit vivre par le souvenir de leur amitié. Il y a quelques jours encore, les deux amies évoquaient les futures vacances d'été, partir ensemble, le permis en poche, le sud de la France ou l'Espagne, que la route serait belle, que la vie serait douce. Mais sa photo, aux côtés de celles de ses parents et de son frère, inonde les antennes et les journaux. Tous ceux qui font ainsi connaissance avec la famille Troadec pensent sans doute que ce visage encore poupon réduit à une vignette sur petit écran signe sa première apparition au journal télévisé. Charlotte disparue et tuée, oui. Bien vivante, non, quand on remonte deux années en arrière.

À l'image, elle brandit de sa main une rose rouge. À sa gauche, Émeline. Les deux jeunes filles sont noyées dans la masse d'une foule compacte et accablée. Nous sommes le 20 novembre 2015, une semaine jour pour jour après le 13 novembre et la vague d'attentats à Paris, des terrasses du dixième arrondissement au Bataclan. Plusieurs centaines de Nantais se retrouvent au pied du château des ducs de Bretagne, pour rendre hommage aux cent trente victimes et quatre cents blessés. Seuls deux d'entre eux s'exprimeront à la télé, dans le reportage diffusé sur M6 dans le JT de la mi-journée du lendemain. Dont Charlotte, debout, à côté des trois cents bougies allumées et déposées sur le miroir d'eau. « Cette fleur, c'est pour dire qu'on va continuer à vivre normalement, malgré les terroristes », déclare-t-elle, émue, sans une once d'hésitation. Ce soir-là, Charlotte Troadec délivre face caméra son message de vie. Voir cette image. Entendre sa voix. Penser à Barbara. À Charlotte. Sa jeune vie volée. La peur insoutenable qu'elle a dû ressentir. La quantité du sang de sa mère retrouvée dans sa chambre, laissant penser qu'elle a volé à son secours. Charlotte n'a laissé qu'une petite goutte, que les enquêteurs ont tardivement identifiée, après avoir démonté plusieurs lames de parquet sous la grande armoire, près du bureau où était posé son livre d'histoires criminelles.

« Cette petite cantate, je l'ai prise en pleine gueule. »

Gérard Depardieu, chantant Barbara sur la scène du théâtre des Bouffes du Nord, Paris, 2017.

7.

Les disparus

S'il était une figure de style, il serait une litote : dire peu, pour suggérer plus. Il parle avec l'accent basque et une infinie précaution. Toujours. Sa fine écriture rectiligne reflète toute sa rigueur. Tout comme ses lunettes carrées. Il donne l'heure exacte, mieux qu'une horloge parlante. « À 10 h 47, Brigitte et Charlotte se présentent à la banque. » « À 3 h 12 du matin, le portable de Sébastien cesse d'émettre. » L'affaire Troadec-Caouissin a propulsé cet homme aux cheveux gris très courts sur le devant de la scène. Imperturbable face aux micros qui se tendent à lui, il livre en direct à la télévision des récits factuels, d'un bloc, boum, pendant quinze minutes. Sujet, verbe, complément. Sans le clic incessant des appareils photo, on entendrait les mouches voler. Cet homme est le procureur de la République de Nantes, Pierre Sennès.

Devant un parterre de journalistes, il parle de « réquisitoire introductif », d'« instruction préparatoire », puis de « réquisitoire supplétif », de « magistrats instructeurs » et d'« interrogatoire de première comparution ». De « modification de l'état des lieux d'un crime » ou de « recel de cadavre ». Ne comptez pas sur lui quand il évoque les fameuses pièces d'or pour nourrir votre imaginaire : à leur propos, il parle sobrement de « rôle causal dans les événements survenus » et de « fait générateur ». De « source de conflits » et de « situation familiale dégradée ». Ce quinquagénaire dit l'horreur tout en délicatesse et en périphrases. Il martèle qu'il « ne veut pas rentrer dans le détail », et laisse à d'autres le choix des mots crus. Même quand il annonce la présence de « taches de sang en d'importantes quantités », ça passe. Dans sa bouche, le mot « assassinat » paraîtrait presque doux.

Le 6 mars 2017, lors de sa seconde conférence de presse à Nantes consacrée à l'affaire, il déclare d'une même voix posée : « Je vous dirai simplement que cette scène, cette scène criminelle, est une scène d'une grande violence. » Il a parfois le ton d'un professeur de sciences physiques décortiquant à voix haute une expérience. Pour signifier que l'affaire Troadec a aussitôt fait écho à l'affaire Dupont de Ligonnès ? « C'est une affaire qui intéresse – et on peut le comprendre – nos concitoyens, d'autant que sur Nantes, il y a eu des précédents un peu spectaculaires, qui ont suscité beaucoup d'émotions. » Un art, on vous dit. Le 6 mars 2017, toujours, pour dire qu'enfin l'affaire est dénouée, il parle de « résultat » et indique qu'il conduira « un gros travail de précision et de clarification ». Quand il répond à plus de quinze questions à la suite en direct à la télévision, il introduit souvent ses phrases d'un précautionneux « il semble que ». Il marche sur l'eau, toujours. Fidèle au cadran de l'horloge, il annonce qu'Hubert Caouissin et Lydie Troadec « sont en cours de mise en examen ». Il ne prononcera pas le mot incarcération, mais plutôt « remettre à la justice deux personnes ». Les journalistes l'interrogent sur le rôle éventuel qu'aurait pu jouer Lydie Troadec la nuit du crime.

« Était-elle dans la maison ?

— À ce stade, non.

— Mais y a-t-elle mis les pieds ? relance le reporter.

— Au moment où je vous parle, je n'ai pas d'éléments me permettant de répondre favorablement à votre question. »

Quand il parle des autres, il prend toujours soin de préciser qu'il s'en tient à leurs déclarations. Parfois, il consent une anecdote. Comme ce jour-là, devant la presse, encore, évoquant la nuit du 16 février 2017 : « M. Caouissin va venir avec un stéthoscope qu'il va appliquer sur les portes et les fenêtres du domicile pour tenter de surprendre leur conversation et d'écouter ce qui se dit à l'intérieur. » Après trente-cinq minutes tout en sobriété, il conclut sa conférence de presse. « Je suis resté délibérément imparfait et imprécis sur certains aspects parce que j'estime que je ne peux pas aller plus de l'avant, sinon ce serait donner libre cours à des interprétations, des conjectures, ce que je ne veux pas faire, car c'est un dossier où il faut vraiment rester sur des choses établies, et sur des éléments objectifs. »

À Nantes, il ne cherchait pas la lumière, mais elle s'est braquée sur lui.

Et je le retrouve un an presque jour pour jour après les faits, le 21 mars 2018, cinq mois après ma première lettre sollicitant un rendez-vous, une dizaine d'appels et des mails de relance, au quatrième étage du palais de justice de Nantes, dans son grand bureau avec vue sur la Loire, la tour Bretagne et la presqu'île de Nantes. Une carte postale qui n'a rien d'un voyage : Pierre Sennès jongle avec la délinquance, le délit, la violence, le crime, vingt-quatre heures sur vingt-quatre. Il hoche la tête. « Oui oui, plusieurs fois par semaine, je suis réveillé la nuit par le téléphone. » Un sacerdoce sans doute. Une vocation pour lui, depuis qu'à la fac de droit de Bordeaux il a choisi les concours de la magistrature et la prestigieuse École nationale de la magistrature. Ce matin-là, il prépare l'évacuation de la ZAD de Notre-Dame-des-Landes. Je lui montre sur mon ordinateur portable un extrait vidéo de sa première conférence de presse consacrée à l'affaire Troadec-Caouissin, le 3 mars 2017, guettant une réaction. Il se revoit sur l'écran, solennel, aux côtés du commissaire Gilles Soulié, annoncer devant les journalistes la découverte de traces de sang à Orvault. « C'était une période de tension », commente-t-il sobrement, fidèle à lui-même. Je tente de lui arracher une confidence, un souvenir précis, un sentiment personnel. Peine perdue. « Je n'ai pas trop le temps d'être dans la commémoration et le souvenir. » J'ai donc refermé l'ordinateur. Il a ouvert son dossier rouge. Pendant plus de deux heures, je l'ai questionné. Et il m'a raconté.

Une sonnerie qui retentit, le jeudi 23 février 2017, vers 19 heures, sur son portable. Le procureur Sennès est à son bureau, préoccupé depuis la mi-journée par ce signalement arrivé du Finistère : une famille entière a disparu. Plus tôt, dans la matinée, la police municipale d'Orvault a reçu un appel. Il était 9 heures. En ligne, une voix féminine et fébrile. Celle de Martine Vern, elle appelle depuis Landerneau, chez elle, à trois cents kilomètres de Nantes. « Nous n'avons plus de nouvelles de ma sœur Brigitte, de son mari et de leurs deux enfants depuis une semaine. » Ce n'est pas faute d'essayer de la joindre. Cela fait même trois jours qu'elle n'arrête pas, avec son autre sœur Hélène, par tous les moyens. Sur le portable, à la maison, au bureau, sur les téléphones mobiles de Sébastien et Charlotte. Appels partout, réponse nulle part. Rien. Rien, depuis ce dernier échange de textos, entre Brigitte et Hélène, dans l'après-midi de ce jeudi 16 février. Dans son message écrit qu'Hélène a conservé, Brigitte indiquait alors être chez elle, à Orvault. « Je cherche un stage pour Charlotte et cet après-midi, elle va à un entretien, alors j'espère que ce sera bon, car ce n'est pas évident de trouver des stages, et parfois il faut le permis. » Elle précise avoir quelques jours de congés. Un texto simple, comme on se donne des nouvelles en famille, conclu d'un « bisous ». Hélène lui répond, mais ne reçoit plus de message en retour. La fin de semaine a filé. Jusqu'au dimanche soir. Et ce téléphone qui n'a pas sonné. C'est un rituel immuable : il y a le film, mais d'abord le coup de fil. Avant d'attaquer la semaine, Brigitte prend toujours des nouvelles de ses parents et appelle sa mère Denise. Elle le fait de bon cœur. D'autant que sa mère est veuve depuis huit mois. Sauf que ce dimanche 19 février, vers 20 heures, à Landerneau, chez Denise Solivérès, aucune sonnerie ne retentit. Celle-ci s'en inquiète auprès de ses deux autres filles, Martine et Hélène, qui vivent tout près de chez elle. Dès le lendemain, toute la famille est sur le pont. Un objectif : les joindre. En vain.

Dans leur esprit troublé, différents scénarios s'esquissent. Et si, finalement, ils étaient partis en vacances ? Après tout, ils vivent près de l'aéroport et pourraient avoir succombé à une promotion de dernière minute. Les week-ends *low cost*, c'est leur truc. Ce n'était pourtant pas le sens du dernier message de Brigitte. Et même en vacances, sur un portable, pourquoi faire le mort ? Peut-être simplement parce qu'on leur a ôté la vie. Mais ça, elles sont à mille lieues de l'imaginer. Martine et Hélène savent qu'un homme en a voulu à leur famille, mais cela fait un long moment qu'elles n'ont plus entendu parler de lui. Envisager le pire, donc, impensable. Trop tôt, trop polar, trop sordide. On est à Landerneau, pas sur Netflix. Lundi, mardi, mercredi. Coups de fil, SMS, email. Cinquantième tentative d'appel. Le doute s'installe à mesure que l'angoisse s'épaissit. Quelque chose ne tourne pas rond. Leurs enfants aussi s'y sont mis. Ils ont écrit à leurs cousins, Sébastien et Charlotte, via Messenger, la messagerie instantanée de Facebook. Eux toujours si connectés sont aux abonnés absents.

Les messages s'accumulent sur les répondeurs des Troadec. Jeudi 23 février, dès 9 heures, Hélène rappelle au bureau de Brigitte, au centre des impôts de Nantes. Elle sait que c'est son jour de reprise, et entrevoit brièvement la parenthèse refermée lorsqu'une voix féminine décroche le combiné. Douche froide. Ce n'est pas Brigitte mais sa collègue, formelle : Brigitte n'a pas repris le travail le matin même comme prévu, sans prévenir, ce qui n'est pas dans ses habitudes. Et elle n'a pas répondu non plus à son SMS à elle, deux jours plus tôt. Ses collègues assurent que Brigitte Troadec est partie en congés en leur précisant qu'elle resterait chez elle et ne partirait pas en vacances. « J'ai commencé à paniquer. J'ai eu un sentiment bizarre », me raconte Martine Vern, lors de notre première rencontre, aux côtés de sa sœur Hélène, à Brest, le 30 novembre 2017, neuf mois après les faits. Elles m'apparaissent encore prostrées et replongent, minute par minute, dans ce passé si présent, se cherchant du regard, l'une affirmant, l'autre acquiesçant, la première amorçant une phrase, la seconde la terminant. « J'ai tout de suite eu l'intuition qu'il s'était passé quelque chose », prévient Hélène. Même refrain chez Visotec-Arlux, l'entreprise d'enseignes lumineuses où travaille Pascal. La société rapporte qu'il n'est plus venu travailler depuis le 16 février, sans prévenir. Lui, l'anxieux, obsédé par la ponctualité, arrivant chaque matin avec une demi-heure d'avance. Son absence inexpliquée a troublé au point que deux de ses collègues sont allés sonner chez lui, dans le vide, mais ils ont reconnu sa voiture, stationnée devant, signe de vie rassurant. Trop c'est trop. Martine décroche son téléphone. Appeler la police. Raconter l'absence, le doute. « C'est incompréhensible », insiste-t-elle auprès des policiers municipaux d'Orvault. Elle accepte de se rendre au commissariat le plus proche de chez elle pour enregistrer sa déposition, mais dans l'urgence, elle les enjoint de se rendre au domicile de la famille.

Ils ont sonné, attendu, frappé, sonné à nouveau, personne n'a ouvert. Le volet de la chambre de Sébastien au rez-de-chaussée était fermé. Alors ils ont emprunté le chemin latéral pour longer la maison, ont fait le tour du jardin rectangulaire : rien d'anormal. Ils ont interrogé des voisins, qui ne les avaient pas vus depuis des jours, n'avaient rien remarqué à part leurs voitures stationnées devant qui n'avaient plus bougé depuis une semaine, de toute façon, « les Troadec vivent dans leur bulle ». Les policiers municipaux repartent bredouilles, prenant l'affaire au sérieux. Ils avertissent le commissariat de police de Nantes, qui à son tour contacte le centre des impôts. Non, Brigitte ne s'est pas présentée au travail comme prévu à 7 h 30. Nouveau coup de fil : cette fois, l'employeur de Pascal signale de lui-même au commissariat de Nantes sa disparition. Quinze heures : Martine fait face aux gendarmes de la brigade de Landerneau qui enregistrent officiellement sa déposition dont le motif tient en deux mots : « disparition inquiétante ». Et voilà que dans la foulée une voiture de la police nationale avec à son bord une capitaine et un commandant de police débarque rue d'Auteuil. Nouvelle inspection extérieure. Un œil à la boîte aux lettres : chargée de courrier. Échange de regards. La décision s'impose : entrer dans cette maison. Forcer la porte ? Non. Casser une fenêtre ? Oui. Un pompier appelé en renfort s'y colle. Un geste sec de routine, boum, et voilà le carreau de la salle de bains, derrière la maison, en bris de verre au sol. Pour la première fois depuis une semaine, le 24, rue d'Auteuil entrevoit la lumière du jour. « Ici les pompiers, il y a quelqu'un ? » L'homme s'introduit dans la salle de bains, parcourt le rez-de-chaussée, et traverse ce que la presse appellera dans quelques jours la maison de l'horreur. Il ouvre la porte d'entrée située côté rue. Quelques rares voisins remarquent ce ballet qui prend forme. Que se passe-t-il dans ce pavillon où d'ordinaire tout est si calme ?

Diable qu'il fait froid dans cette maison vide. Huit degrés. En plein hiver ! Quelqu'un a forcément coupé le chauffage. D'un pas de velours, dans un silence pesant, les deux officiers de police passent d'une pièce à l'autre, prudemment, poussent les portes, méfiants, à l'affût du moindre signe, et plongent dans l'intimité d'une famille si secrète. Cent vingt mètres carrés, dix pièces, quatre lits, dix-huit années de vie, et autant de petits détails qui parlent pour eux. Ceux qui auraient imaginé des lingots d'or trôner en majesté sur le buffet du salon en seront pour leurs frais. Du jaune, il y en a. Solaire. Celui de ces tournesols, disposés dans plusieurs pièces, sous toutes les formes. Artificiels et imposants, dès le hall d'entrée, avec de longues tiges vertes, plantés dans un gigantesque vase au sol. Puis en peinture, sous verre, au mur du salon. Séchés, juste au-dessous, dans une corbeille, sur le meuble en chêne. Des tournesols, encore, en aquarelle cette fois, encadrés, dans la chambre parentale, à l'étage, juste au-dessus de la tête de lit. Brigitte aime les fleurs, elle rêvait jadis d'un week-end à Amsterdam à la découverte des champs de tulipes. Son pavillon n'a rien d'ostentatoire. Ça sent la routine, le confort simple, et le bois des meubles porte la trace des années passées. Seuls signes de possession : les deux véhicules abandonnés sur le trottoir. L'Audi A4 de Pascal, la BMW de Brigitte. Pour le reste, circulez. Une décoration ancienne et modeste, des meubles en bois foncé chinés sur les brocantes, un canapé en cuir blanc démodé avec accoudoirs en bois, une toile cirée de cuisine d'un autre temps. Si, de dehors, on ne savait rien des Troadec, de l'intérieur, tout parle. La petite maison des années 1960 est un livre ouvert. Des housses aux motifs marins recouvrent les coussins de canapé gris, avec de grands voiliers blancs, les mêmes qui ont bercé leur enfance sur les plages du Finistère. Ces autres voiliers, en peinture au mur cette fois, voguent sur la mer, avec la falaise bretonne au loin. La capitaine de police ne s'arrête pas à ces morceaux de vie et cette existence en pièces. Elle pose à peine son regard sur ces photos de chats siamois encadrées dans le couloir. D'ailleurs Ulysse, le chat des Troadec, un gros mâle roux, n'est pas là non plus. Son regard intrigué s'arrête sur d'autres détails. Pourquoi n'y a-t-il ni brosses à dents ni dentifrice dans la salle de bains ? Ni draps sur les lits ? Étonnant. Mais au premier coup d'œil, rien d'anormal. « À partir de là, après avoir fait le tour de la maison, vu les lits défaits, ils m'ont dit : "Ils doivent être en vacances" », se souvient Martine Vern. « C'était impossible pour moi : ils ne seraient jamais partis en vacances sans nous le dire ! » Rue d'Auteuil, la lumière décline, le soir d'hiver commence doucement à tomber, mais le procureur de la République veut lever le voile sur cette famille et ordonne des recherches d'information. Vérification d'antécédents dans les fichiers policiers, géolocalisation de leurs téléphones mobiles, examen minutieux de leurs comptes bancaires, dernier usage de leur carte bleue.

La sûreté départementale de Nantes se saisit officiellement de l'affaire. Des renforts chevronnés arrivent. Orvault s'agite. Vingt-cinq minutes plus tard, nouvelle visite de la maison. Cette fois, quatre policiers expérimentés, munis de gants et de chaussures de protection, reprennent l'état des lieux. Dans la buanderie, ils doivent se frayer un chemin à travers le linge qui pend. Un détail attire l'œil : sur le carrelage blanc du rez-de-chaussée, dans l'entrée, des taches rosâtres. Ils avancent les yeux rivés au sol. Dans le garage, encore des taches. Ils ne s'arrêtent pas sur la photo de Sébastien et Charlotte punaisée au mur face à eux : ils déambulent la nuque baissée, inspectent chaque centimètre carré de ce sol où visiblement du sang a coulé. Dans le désordre de la chambre de Sébastien, l'un d'entre eux met la main sur un téléphone portable avec ses oreillettes, perdu dans un coin, maculé de sang. Qui a eu l'imprudence folle de laisser ainsi de tels indices ?

À 19 heures, Pierre Sennès reçoit un appel. En ligne, sa collègue de permanence pénale l'informe : « Monsieur le Procureur, les policiers viennent de nous aviser qu'ils ont trouvé des traces de sang au domicile de la famille. » Pierre Sennès n'a pas oublié ce top départ d'une course contre la montre. Il déclenche l'opération commando. « Là, ce n'était plus : ils sont partis en voyage ou toute autre hypothèse conventionnelle... On est en alerte. Et on réoriente l'enquête », détaille-t-il. Le parquet saisit alors officiellement les services de police judiciaire pour poursuivre les investigations, et ouvre une enquête pour « soupçons de violence ». Tandis qu'à Orvault une longue nuit de constatations minutieuses commence.

Quand les experts de la PJ débarquent, difficile de passer inaperçus. Ils ont garé leur imposant camion blanc « Police nationale » devant la maison. Dans quelques heures, tout le trottoir sera à eux, les véhicules du couple enlevés pour effectuer des prélèvements dans les habitacles. En ce jeudi 23 février, le soir est tombé, la rue est calme, les journalistes ne sont au courant de rien : le travail peut commencer. Et petit à petit, le 24, rue d'Auteuil se met à revivre avec de nouveaux occupants. Étrange impression d'investir une maison où les signes de vie se conjuguent aux mauvais présages. Vertigineuse dualité. Il reste du café dans la cafetière. De la vaisselle dans l'évier. La machine à laver est pleine de linge roulé en boule. Sur le plan de travail, des biscottes, le pot de pâte à tartiner, un cake sucré. Le téléphone fixe clignote, avec de nombreux appels en absence. Aucun sac à main de femme. La gamelle du chat est vide. Le lave-vaisselle sale, rempli. Sur la table de la cuisine, des photos éparpillées, de Brigitte et des enfants, la carte Vitale de Sébastien. Dans le frigo, yaourts et steaks sont périmés d'une semaine. Tout comme ces sushis recouverts d'un emballage en plastique transparent, avec mention de la date de fabrication : 16 février 2017. Et de la date de péremption, 17 février 2017. De minuscules morceaux de poisson cru enroulés dans du riz qui fournissent un indice capital : ce laps de temps où tout a basculé. C'était il y a une semaine, jour pour jour. « C'est comme si la maison s'était arrêté de vivre à un instant *t* », résumera trois jours plus tard le procureur au quotidien *Presse Océan*. Arrêtée, prête à livrer ses secrets. Les professionnels dépêchés sur place ce soir-là n'ont qu'une mission, la faire parler. Ils portent des combinaisons blanches, des gants, des masques et des surchaussures, sont équipés de Bluestar, ce procédé chimique qui permet de révéler des traces de sang essuyées ou invisibles à l'œil nu. Au contact de la moindre goutte, il produit une réaction lumineuse. La nuit tombée les aidera. Car les experts utilisent en plus le Handscope, un faisceau lumineux projeté sur les murs qui fait apparaître en noir des traces de sang peu visibles avec un éclairage classique. Deux évidences s'imposent : non seulement du sang a coulé en grande quantité, dans toutes les pièces, mais il a été nettoyé.

Pas à pas, devant chaque trace, les policiers déposent un petit cavalier jaune numéroté, pour matérialiser l'endroit. Réalisent des clichés photographiques, récupèrent les effets personnels, prélèvent les ADN. Progressivement, les cavaliers envahissent toutes les pièces, presque un jeu de piste. Aucun doute possible : une scène de violence a forcément eu lieu. Combien de temps faudra-t-il pour débusquer celui qui a semé tant d'indices ? Il est presque 3 heures du matin, l'essentiel du travail est fait et sous scellés, et ceux qui ont mené ce travail de fourmi quittent les lieux. Dans la chambre de Sébastien, la peluche jaune et bleu de Bart Simpson gît au sol, la tête en arrière. Dans celle de Charlotte, au mur, la statue de la Liberté, main levée, insolente, offre son regard déterminé. L'enquête bascule en enlèvement et séquestration suivis de meurtre. Dehors, des scellés ornent la porte d'entrée, le portillon, la boîte aux lettres, la porte du garage. Défense d'entrer.

Pierre Sennès ne verra plus beaucoup la lumière du jour. À ce stade, pas de témoin, pas de certitude, pas de suspect, pas de Pascal, pas de Brigitte, pas de Sébastien, pas de Charlotte. Une maison vide, deux véhicules, un troisième manquant, des traces de sang nettoyées. Le procureur redoute la pression médiatique qui va s'abattre et imagine déjà les gros titres. « Une de mes angoisses, c'était que les semaines passent et qu'on n'ait pas d'aboutissement judiciaire, » confie-t-il. C'est la première fois après deux heures quinze d'entretien qu'il parle en son nom personnel. Dès le lendemain, toute la journée du vendredi 24 février, du commissariat de police au palais de justice, cette nouvelle affaire balaie toutes les autres. Pierre Sennès a sonné l'alerte générale et peut compter sur un homme expérimenté à ses côtés : le commissaire Jean-René Personnic, à l'époque chef de la police judiciaire de Nantes et main de fer. Un patron respecté, enquêteur chevronné, qui avertit aussitôt la police aux frontières. Et ordonne de faire fouiller dès le lendemain matin le jardin d'Orvault, jurisprudence Xavier Dupont de Ligonnès oblige. Ici, personne n'a oublié qu'à l'époque, en 2011, il a fallu cinq jours pour décider de fouiller sous la terrasse, là où étaient enterrés les corps de la famille. « À Nantes, nous sommes tous marqués par cette affaire », insiste le procureur. Alors pour les Troadec, ce sera la priorité, une fois le jour levé. Sauf qu'il n'y a rien dessous. C'est dans la maison que ça se passe, avec ces taches de sang dans l'entrée, l'escalier, le garage, les chambres des enfants, la buanderie, la chambre parentale, la salle de bains, la salle à manger, la cuisine. Une enquête tous azimuts commence avec une première interrogation : où est passée la Peugeot 308 grise enregistrée au nom de Sébastien dans les fichiers de la police ?

L'antenne de police de Nantes reçoit des renforts de la direction régionale de Rennes et se métamorphose en ruche. Cent cinquante policiers sont réquisitionnés, chargés d'éplucher les relevés téléphoniques des Troadec, leurs réseaux sociaux, leurs comptes bancaires, leur patrimoine, auditionner les voisins, les collègues de travail, les amis des enfants. Connaître leur vie, leurs habitudes, cerner leur personnalité. Les téléphones sonnent dans tous les sens, les officiers transcrivent à toute allure les auditions de témoins, on n'entend plus que le clapotis des claviers d'ordinateur, les impressions de procès-verbaux, les portes qui s'ouvrent et se ferment, les : « Ça en est où ? » et : « Qu'est-ce que ça donne ? » « On fait de la stratégie et une ou deux réunions de bilan par jour », se remémore Pierre Sennès. « On a du sang, une famille disparue, on se met autour de la table et l'on se dit : quels peuvent être les scénarios ? On fait une liste de bon sens. » Et tout y passe. Un cambriolage qui aurait mal tourné, un coup de folie du père de famille, le geste désespéré d'un des enfants, les suites d'un conflit familial… Les enquêteurs voient loin, tandis qu'à quinze kilomètres de là un périmètre de sécurité entoure désormais la maison. L'entrée de la rue d'Auteuil, bouclée, est fermée à la circulation. Une habitante persifle. « Il fallait se justifier pour pouvoir rentrer en voiture, et ça a duré plus d'une semaine ! »

Dans le quartier, les Troadec si mal connus sont en train de se faire un nom. Jamais leur refuge n'a connu autant d'allers-retours. En moins de vingt-quatre heures, le sanctuaire d'une famille discrète s'est mué en une forteresse d'hommes et de femmes en combinaisons blanches. Au laboratoire d'analyse, les experts, sur des charbons ardents, ont interdiction de rentrer chez eux. Il faut travailler jour et nuit, faire parler le sang, comparer et vérifier les ADN. « Nous avons procédé à mille prélèvements dans la maison », chiffre le procureur Sennès.

Le vendredi midi, au lendemain de l'alerte donnée par la sœur de Brigitte Troadec, un portable vibre sur un bureau du grand quotidien régional *Ouest France*. C'est celui de la journaliste Isabelle Labarre, l'une des spécialistes des faits divers. Une de ses sources l'informe par SMS qu'une famille a disparu à Orvault. Et que du sang a été retrouvé à leur domicile. Deux informations en une, d'un bloc, livrées en lettres miniatures sur écran. Elle est la première informée. « C'était une source informelle, non officielle », me raconte-t-elle, dix mois après les faits. Elle n'a rien oublié de ces premières minutes décisives. Ni de sa tension à la lecture du message ni de sa réactivité. Elle se donne une heure pour tenter d'avoir confirmation de l'information par une autre source. « Bétonner », en langage journalistique. Et obtenir une adresse. « J'ai creusé le sillon de mon carnet d'adresses pour avoir confirmation. On nous a dit : “Attention, c'est une affaire Xavier Dupont de Ligonnès *bis.*” » Elle prend alors le volant, direction Orvault, à un quart d'heure du journal. Arrive sur place, en même temps que d'autres journalistes locaux. L'information se répand très vite.

Un discret ballet se met en place. Premier cliché photographique de l'extérieur de la maison. Les disparus n'ont pas encore de visage. Premiers coups de sonnette chez les voisins, et déjà, des difficultés : les Troadec n'étaient que très peu connus. Il faudra faire avec. Et reconstituer *a minima* le puzzle avant de publier le premier article. En filigrane déjà, le match médiatique se dessine. La reporter nantaise de *Presse Océan* et correspondante du *Monde* Anne-Hélène Dorison est aussi sur place. Elle venait de partir en reportage à la rencontre de commerçants avant de faire brutalement demi-tour. Les deux femmes se donnent encore quelques heures pour collecter le maximum de détails sur la famille et le travail policier en cours. « Il n'y aurait pas eu les traces de sang, ce ne serait pas parti si vite. On est hyperprudent ici sur les disparitions », prévient Isabelle Labarre. À 22 h 30, les deux journaux publieront quasiment en même temps l'information sur leurs sites Internet respectifs, avec relais sur les réseaux sociaux. « Une famille portée disparue, des traces de sang découvertes chez elle », titre *Presse Océan*. « Près de Nantes, une famille a disparu, du sang retrouvé dans la maison », alerte *Ouest France*. Le nom Troadec n'est pas mentionné, à la faveur d'un autre. Dupont de Ligonnès. Les deux journalistes attaquent avec le même parallèle : « L'affaire rappelle celle de la famille Dupont de Ligonnès. » 22 h 52. La première dépêche de l'Agence France-Presse tombe dans toutes les rédactions, où Orvault s'apprête à entrer dans le vocabulaire quotidien. Son titre : « Loire-Atlantique : disparition troublante d'une famille de quatre personnes ».

L'information gagne la France entière et balaie tout sur son passage. Nantes, une famille en apparence ordinaire volatilisée, du sang, des doutes. Le cocktail parfait du grand fait divers. L'affaire Dupont de Ligonnès revient sur scène, mais est éclipsée par une autre. Elle s'appellera pendant quatre jours « les disparus d'Orvault », avant de devenir « l'affaire Troadec ». Et elle vient de commencer.

8.

Poison mortel

La semaine a commencé avec un mort, par un lundi d'automne gris et triste. Ce 29 novembre 2009, sous le ciel plombé de Brest, à l'hôpital de la Cavale blanche, Pierre Troadec n'a pas rouvert les yeux. Quelques jours auparavant encore, l'homme de soixante-sept ans vendait des fruits et des légumes sur le marché et tombait nez à nez avec son chirurgien, qui le rassurait : « Pierre, tu n'as pas à avoir peur, ça va aller ! » L'intervention programmée n'avait, à en croire l'une de ses sœurs, pas de lien avec le cancer diagnostiqué à un stade précoce, six mois plus tôt. Mais à la Cavale blanche, dans les heures qui suivirent l'opération, la mort a frappé, soudaine, fauchant net le chef de famille. Pierre Troadec serait mort dans sa chambre, des suites de l'opération. L'immuable mécanique mortuaire s'est mise en place. Prévenir les proches, ses huit frères et sœurs, ses deux enfants, ses petits-enfants et innombrables neveux et nièces. Les accueillir à l'hôpital. Transporter le corps à la morgue. Appeler les pompes funèbres. Organiser les obsèques. Se recueillir au funérarium.

Dès le lendemain, les lettres imprimées en noir et blanc dans les pages nécrologie du quotidien régional *Le Télégramme* figeaient à jamais sa destinée. Un sobre encart aux bords noirs, indiquant en haut à droite : « Guipavas, Orvault, Plouguerneau ». Trois villes, une même famille, et bientôt deux camps. À Guipavas et Plouguerneau, les Troadec du Finistère : Mamie Renée, désormais veuve ; sa fille Lydie, son compagnon Hubert Caouissin, et leur petit garçon. À Orvault, les Troadec de Loire-Atlantique : Pascal, Brigitte, Sébastien et Charlotte. « Nous avons la douleur de vous faire part du décès brutal de Pierre Troadec, survenu à l'âge de soixante-sept ans », annoncent-ils d'une seule voix dans le faire-part de décès. Le patriarche est monté au ciel sur la pointe des pieds, et c'est un coup de tonnerre.

Pascal encaisse le choc : il adorait son père, la nouvelle le bouleverse. « Mon frère Pierre était très proche de ses enfants, Pascal et Lydie, soucieux de leur bien-être et de leur réussite. C'était la crème des hommes. Très humain, toujours jovial, très généreux. C'était quelqu'un de très actif, robuste », se souvient, émue, l'une de ses sœurs, alors que je la rencontre à l'été 2018, dans sa maison bretonne. C'est son mari qui m'ouvre la porte, tandis qu'elle se tient un peu en retrait. La veille, elle a songé à annuler notre rendez-vous. Cette figure du premier cercle de la famille Troadec, très proche de Pierre, s'approche, hésitante. « Je ne suis pas tellement en état de dire quoi que ce soit. Je ne me sens pas très bien moralement, c'est dur de parler de ce qui s'est passé. » Un an et demi s'est écoulé depuis le massacre, et dans le hall d'entrée, le chagrin et une peur insondable affleurent. « Je viens simplement pour vous écouter et essayer de comprendre », lui dis-je. Elle ferme les volets de la grande salle à manger, malgré le soleil de juillet, nous plongeant dans une semi-obscurité, par crainte que de loin des oreilles indiscrètes puisse entendre la conversation. Peu probable. Décidément, entre les lettres sans réponse, les entretiens avortés, les appels qui tournent court et les périmètres de sécurité de la police, j'ai l'impression d'avoir affaire à une histoire sous scellés, de franchir des tabous ultimes. Que renferme à ce point ce quadruple meurtre pour susciter autant d'interdits ? « Je vais vous dire ce que je ressens : j'ai eu affaire à des journalistes qui brodent, mais ne disent pas réellement les choses telles qu'elles sont. Et je ne crois plus à la justice », reprend-elle. Le décor planté, nous nous installons tous les trois autour de la table ronde. La discussion durera près de trois heures. La vie de Pierre Troadec. L'amour indéfectible qu'elle portait à Pascal. Ces après-midi où, avec Brigitte, ils venaient lui rendre visite dans cette même salle à manger. « La dernière fois, il pleuvait. » Leur mariage à Landerneau, en 1993, les corbeilles de fleurs et la caméra familiale tombée en panne. « Vous voyez, je suis partie à raconter. » Elle plonge ses jolis yeux bleus dans les photos de famille étalées sur la table. « Il y avait beaucoup d'amour chez nous. »

Sur les clichés, la famille est si nombreuse qu'elle en déborderait du cadre. Pour se réunir au complet, la date est fixée un an à l'avance. La cousinade annuelle de la famille Troadec est une vieille tradition. Le lieu, immuable : près de Spézet, en Bretagne. Chaque été, toute la famille de Pierre Troadec, enfants et petits-enfants, cousins, cousines, se retrouvait pour cette gigantesque fête bucolique avec barbecue, tables pliantes, boules de pétanque, autour des champs, près de la maison familiale qui jadis appartenait à la grand-mère. La bâtisse a été vendue, mais les racines familiales restent ici. Et la date ne doit rien au hasard : mi-août, jour du pardon de Kerlaviou. Sur les photos, Pierre Troadec, barbu, porte le tablier et allume le barbecue. « Il fallait que tout le monde goûte ses légumes ! » Les mélomanes viennent avec leurs instruments, on danse la gavotte. Chacun apporte un pique-nique, façon auberge espagnole bretonne à plus de cent personnes. Tous des Troadec. « Et on reste tant qu'il y a de la lumière. »

Pascal et Brigitte s'y rendaient chaque été depuis le milieu des années 1990. Sur les images, on les voit jeunes, puis doucement vieillir, Sébastien et Charlotte grandir. « Nous étions une grande et belle famille, très aimante », assure-t-elle encore, puis elle marque un blanc. « Avant qu'un monstre n'arrive et la détruise. » Pierre et son fils Pascal se tiennent souvent côte à côte : même petit gabarit, mêmes yeux rieurs, même sourire franc. Pascal Troadec, c'est Pierre Troadec junior. « La mort de Pierre, ça a été un sacré choc. Je me revois, avec ma sœur, conduisant la voiture, pour aller à l'église le jour de l'enterrement. » À l'église de Guipavas, près de Brest, ce mardi 1er décembre 2009, à 16 h 30, l'heure du dernier adieu à son père, Pascal ne le devine pas encore, mais c'est tout l'édifice familial qui vient de vaciller. La mort de Pierre, c'est une digue qui rompt, un coup de canif au tableau familial. « C'est le château de cartes qui s'écroule », se désole-t-elle. Il laisse en héritage un vide abyssal et un cadeau posthume empoisonné. Car à en croire son épouse Renée Troadec, dans leur garage du petit jardin de Guipavas, dans le grenier-mezzanine, entre les caisses à outils débordantes et les ustensiles de jardin, de l'or brille dans le noir. Personne ne s'était risqué à le débusquer, ne serait-ce qu'à l'effleurer. La Bretagne est une terre de légendes. Celle de l'or va ronger la famille. En cette fin 2009, le secret le mieux gardé du patriarche est prêt à surgir.

Cette année-là, les Troadec ont la poisse. 2009, *annus horribilis*. Le cancer s'invite dans la famille et rappelle la fragilité de la vie. Lydie Troadec vient tout juste de fêter ses quarante ans, quand en février les médecins lui annoncent qu'elle est atteinte d'une grave maladie. Toute la famille fait bloc, au gré des interventions et de longs mois d'un lourd traitement. Lydie peut compter sur Hubert Caouissin : depuis leur rencontre trois ans auparavant, ils ne se quittent plus, il veille sur elle. Sur le soutien de son frère Pascal aussi, qui lui téléphone chaque semaine. Vient alors au printemps le tour de Pierre Troadec à qui les médecins diagnostiquent en mai un cancer. Deuxième coup dur pour la famille.

Pierre Troadec, un cancer ! Cet homme à la bonhomie rassurante et à la santé de fer semblait invincible. Jusqu'alors, seul son dos, abîmé par des décennies à charger et décharger des caisses, ou à mener des travaux sur des chantiers, le faisait souffrir. Mais pas question de raccrocher. Dans le dictionnaire de sa vie, le mot retraite n'existe pas. C'est un homme aux multiples vies, depuis qu'il a commencé très jeune par des études de plâtrier à Saumur, avant de travailler dans les champs de légumes, à Chatou, dans le département des Yvelines. Puis de retrouver sa Bretagne dont il écuma les marchés du Finistère, de Brest, Plougastel, du Conquet. Père de famille, il embarquait le jeune Pascal avec lui, aux aurores, pour l'aider à vendre fruits et légumes. Avant de se lancer dans une entreprise de bâtiment. Pierre Troadec le besogneux ne connaissait qu'une valeur cardinale : le travail. Et à soixante-sept ans, il n'avait jamais cessé de bosser. La maladie n'y changerait rien. Les médecins l'ont rassuré, les chances de s'en sortir étaient des plus élevées. Lui aussi, en Breton élevé dans les tempêtes, mettrait toutes ses forces dans la bataille pour dompter le mal.

À l'été 2009, le soleil brille à nouveau sur le Finistère, la famille veut croire à des lendemains meilleurs. C'est décidé, Lydie et Hubert vont franchir une nouvelle étape de leur vie de couple. Le 10 juillet, ils contractent un PACS au tribunal d'instance de Brest. Leur union est désormais officielle, leur sécurité familiale gravée dans la loi. L'État reconnaît leur couple et leur famille. En août, au cœur de la trêve estivale, alors que la Bretagne vit son mois le plus chaud, revoilà Pierre Troadec et ses histoires d'or. Est-ce l'effet de la chaleur qui le fait s'interroger ainsi à voix haute devant Renée, Lydie et Hubert ? Éventant encore davantage son secret, il sollicite leur avis : faudra-t-il un jour, avec ce butin tombé du ciel, s'acquitter de l'ISF ? Payer l'impôt sur la fortune ? Lui, le travailleur modeste, au train de vie ordinaire, qui a passé sa vie à se retrousser les manches ? La question le taraude autant qu'elle l'extasie. Fantasmé ou redouté, cet impôt sur la fortune, symbole de richesse et de puissance, sonne comme une revanche pour cet homme qui a gagné sa vie à la sueur du front et s'imagine désormais à l'abri. Sauf que sa question reste en l'air. Cet ISF claironné entre la poire et le fromage fait flop. Avec un cancer à soigner et leur enfant en bas âge, Lydie et Hubert ont d'autres chats à fouetter. Le petit commence à marcher et, à un an, monopolise l'attention de ses parents. Lydie est affaiblie par les traitements, et les suites de plusieurs opérations qui la font particulièrement souffrir d'un bras. Hubert mène tout de front, l'inquiétude pour sa femme, l'énergie réclamée par son fils, ses journées de travail et ces trois quarts d'heure de voiture matin et soir depuis Plouguerneau pour rejoindre l'arsenal de Brest. Pascal et Brigitte, eux, à Orvault, semblent davantage absorbés par leur routine, les études des enfants, que par une hypothétique poussée de fièvre aurifère. L'été a filé, la rentrée est passée, et en novembre, la mort de Pierre Troadec a tout chamboulé. C'est Hubert Caouissin lui-même qui a le mieux résumé : « Toute l'année 2009 a été compliquée », a-t-il confié à une enquêtrice venue l'interroger sur sa vie à la maison d'arrêt de Nantes pour tenter de cerner sa personnalité.

2009 s'achève sur des cendres : la crémation du corps de Pierre Troadec. Son corps est en poussière et le puzzle familial en pièces. Une nouvelle géographie se dessine. Il y a ceux qui sont près, et ceux qui sont loin. Les inamovibles Bretons de la pointe Finistère et les déracinés d'Orvault. Le trait d'union entre les deux n'est plus. Et en tout état de cause, il y a un vide à combler. Renée Troadec, qui vivait depuis plus de quarante années dans l'ombre de son mari, est veuve. Elle n'a plus que ses deux enfants, Pascal et Lydie, et ses petits-enfants, Sébastien, Charlotte et le fils d'Hubert et Lydie. Son unique frère est mort il y a plus de vingt ans. À Guipavas, sa nouvelle vie s'organise : les courses, les sorties en voiture, les programmes télé et, dorénavant, les déjeuners du mercredi, une habitude rapidement établie après la mort de Pierre. Lydie, Hubert et leur petit viennent partager le repas avec elle, après quoi ils s'attardent une bonne partie de l'après-midi dans la maison. Souvent, Hubert s'occupe du jardin, fait de petits travaux, et sait parfaitement où se trouvent les outils de son défunt beau-père. Gendre idéal ou nouvel ange gardien, il ne rechigne jamais à rendre service. Chez Renée, il se sent comme chez lui. Hubert l'imparfait devient l'indispensable. Cela tombe bien : il y a une place à prendre. Et en son for intérieur, il sait déjà qu'elle est pour lui.

Pâques 2010. Fête la plus importante du christianisme. « Pâques », dérivé de l'hébreu biblique *passah*, signifiant « passer au-dessus ». Dans le calendrier biblique, ce jour sonne l'anniversaire de la résurrection du Christ. Dans celui de la famille Troadec, c'est le temps du soupçon. Une date à marquer d'une pierre blanche : moins de six mois après la mort de Pierre, les choses sérieuses commencent. D'après des témoins, quelques semaines ont suffi à Hubert Caouissin pour s'imposer comme le nouvel homme fort. Il est un Caouissin mué en Troadec en chef. « C'était au galop ! » se remémore cette sœur de Pierre Troadec. Selon elle, auprès de Renée, sa parole vaut Évangile. « Pascal me racontait qu'Hubert avait mis tout le monde dehors ! pris possession de la maison, viré le jardinier, coupé les arbres fruitiers, sans jamais rien lui demander, c'était pourtant lui le fils de la maison ! » persifle-t-elle.

La date reste gravée dans la mémoire de Renée Troadec : « Mon fils m'a demandé s'il pouvait prendre des caisses à outils afin que mon petit-fils puisse bricoler, je lui ai donné mon aval », écrit-elle dans une lettre rédigée de sa main en guise de preuve, qu'elle date de novembre 2014 et remet aux enquêteurs après la mort de la famille. C'est ce jour-là selon elle que Pascal aurait mis seul les pieds dans le garage de la maison parentale de Guipavas. Quelques petites semaines s'écoulent et, en juin, Renée, hospitalisée après une intervention chirurgicale, poursuit sa convalescence en maison de repos. « Suite à mon opération, mon fils est passé me voir pour me demander les clés de la maison. Ils me les ont rendues le soir même avant de repartir à Orvault », poursuit-elle dans ce texte manuscrit. La suite semble écrite et l'histoire racontera plus tard que Pascal se serait en réalité emparé des clés pour subtiliser le trésor de pièces d'or de son père, endossant là un habit de voleur que personne ne lui connaissait alors. Un scénario établi après coup, et dans lequel chaque personnage campe un rôle aux confins de la caricature : la mère affaiblie, le fils sans scrupule et sa complice épouse, la sœur spoliée et le beau-frère revanchard.

Voici donc le nouvel échiquier familial des Troadec, où, avant de se jeter l'or à la figure, chacun hérite d'abord d'un rôle. Et c'est Mamie Renée qui, dès mars 2017, après la mort de son fils, Brigitte et ses deux petits-enfants, raconte encore et encore la spoliation présumée à qui veut l'entendre. Aux caméras de l'émission *Sept à huit* sur TF1, aux reporters de *Paris Match*, à Marc-Olivier Fogiel sur RTL et aux enquêteurs de police auxquels elle livre un récit détaillé. Mais pour cet ouvrage, sollicitée au téléphone, elle n'a pas souhaité s'exprimer, opposant un refus catégorique. Encore une fois, cette fille d'un employé de l'arsenal de Brest excelle dans le récit à charge, ficelé de nœuds marins solidement corsetés et d'un affect réduit comme peau de chagrin à l'égard des disparus. Face aux micros, ses explications ne varient pas : Pascal se serait emparé du trésor et n'aurait pas résisté à la tentation d'afficher son nouveau train de vie de flambeur au vu et au su de tous. Dans l'ombre de la vieille dame, certains membres de la famille suspectent un homme d'être à la manœuvre : Hubert Caouissin. Selon eux, c'est lui qui susurrerait à son oreille. Au fil des semaines, il aurait embarqué sa compagne Lydie et sa belle-mère dans un voyage sans retour, une aventure longue et périlleuse, jalonnée d'instants de vérité et d'accès paranoïaques, de scènes dignes de vaudevilles familiaux et de polars, où toujours l'espionnage côtoie la jalousie, l'obsession la colère. Après la mort de Pierre, la famille Troadec nouvelle version s'est choisi un nouveau terrain de chasse : le ressentiment.

« Ah, l'or ! Je savais que vous alliez en arriver là ! Le scoop ! Les journalistes, vous venez pour ça, le *scoop* », sursaute cette sœur de Pierre Troadec, alors que nous sommes toujours attablés dans la salle à manger de son pavillon breton. Ce supposé butin, elle n'y a jamais cru, mais en a vu les dégâts. « Pascal était sens dessus dessous avec cette histoire. Il m'en a parlé pendant des heures, à plusieurs reprises. Il nous a raconté la visite impromptue d'Hubert Caouissin à Orvault, puis les menaces. Il n'en pouvait plus. Je lui répétais : "Pascal, on n'a pas le droit d'accuser sans preuve. Va voir la police." Les gendarmes lui ont répondu : "Votre beau-frère est un psychopathe et doit se faire soigner, les histoires de famille, ça ne nous regarde pas." Alors je lui ai suggéré de trouver un médiateur. » De sa voix assurée, elle dépeint un homme profondément affecté par la rupture avec sa mère Renée. « Pascal était très famille. Lorsqu'elle lui a fermé la porte, il a tout perdu. Il a essayé de renouer plusieurs fois, il envoyait une carte postale à chaque vacance. Et rien n'y faisait. » Son mari intervient dans la conversation. Lui aussi déborde de souvenirs, il connaissait bien Pierre Troadec, Pascal, Brigitte. Et le voilà qui raconte une scène gravée dans sa mémoire. « Moi, j'y suis allé dans cette fameuse cave, quand Pierre Troadec m'a emmené dans son immeuble de Recouvrance, pour me montrer les travaux. On est descendus tous les deux, il y avait très peu de lumière, mais on a avancé. Il avait dû défoncer un mur pour réparer la fuite. À cette époque-là, une histoire de découverte d'or dans la région tournait dans les journaux, les gens en parlaient. Pierre m'a dit en riant : "Moi aussi, j'ai trouvé de l'or !" Pierre, il aimait plaisanter, il balançait des vannes et guettait la réaction des gens. Ils font tous ça dans cette famille. Avec lui, on ne savait jamais si c'était du lard ou du cochon. Je n'ai pas relevé, et je n'y ai jamais cru. Mais j'ai fait ensuite le lien entre cette histoire racontée dans les journaux à l'époque et sa blague dans la cave ce jour-là. » Sa femme hausse les épaules. « Évidemment qu'il n'y a jamais eu d'or. Renée racontait cette histoire, mais quand on lui demandait si elle avait vu les lingots, elle répondait "non" ! On lui disait : "Bah t'es vraiment pas curieuse toi !" »

Des années plus tard, un soir, la sonnerie du téléphone a retenti dans la maison bretonne. « On était ici même, en famille, tout le monde allait partir. Quand le téléphone a sonné : "Vous regardez la télé ? Dépêchez-vous, Pascal, Brigitte et les enfants sont portés disparus." Oh la la… C'était impossible de disparaître comme ça, on a tout de suite dit : c'est Caouissin. Pourquoi lui ? Parce que Pascal m'en a tellement parlé. J'ai aussi pensé tout de suite à de Ligonnès, et ce même scénario de disparition. J'ai appelé sur le portable de Pascal, j'ai laissé un message pour lui dire que ma porte lui était grande ouverte. La suite ? Des mois atroces et des nuits blanches. »

Cette tante de Pascal a tout suivi à la télévision, la police l'a auditionnée. « Ça y est, je débite. » Elle raconte, photos et détails à l'appui, la première rencontre avec Hubert Caouissin, dans la grange lors de la cousinade d'août 2007. Lydie présente à toute la famille l'homme qui porte ce jour-là un tee-shirt jaune. « Il ne parlait pas, ne disait rien. Hubert Caouissin, c'est un être qui descendait d'une autre planète. Un visage placide. Aucune expression. Très froid, très distant. Je connais à peine sa voix. »

Son portable vibre sur la table et nous interrompt. Un SMS, qu'elle lit à haute voix, interloquée. « Tu passes au 20 heures ce soir ? Sympa ton journaliste ? » Elle me fixe. Replonge sur l'écran. Lit à nouveau. Son visage s'affaisse, et sa soudaine panique m'embarrasse. « Je vais passer ce soir au journal de 20 heures, là, avec ce qu'on se dit ? Vous avez une caméra cachée ? » Non. Un de ses amis, taquin, qu'elle a informé de notre rencontre, vient aux nouvelles. Je secoue ma veste pour lui montrer que je n'ai pas de caméra, elle sourit de l'incongruité et reprend le fil. Elle s'épanche sur les conséquences du traumatisme pour toute la famille. La peur incontrôlable, quand le suspect courait encore, qu'il ne s'introduise chez eux la nuit. Les cauchemars pour certains, les jours de repos à l'hôpital pour d'autres. Puis elle me raccompagne à la gare d'un bon pas, chaleureuse, bienveillante, comme délestée d'une pression.

Hubert Caouissin a eu une idée qu'il juge lumineuse. Les Troadec auraient détourné un héritage d'or ? À lui d'en traquer tous les signes, d'en accumuler toutes les preuves. De ses propres mots : « monter un dossier ». Ce qu'il met à exécution dès 2010. Pas de vulgaires notes griffonnées sur une feuille volante. Cet homme méticuleux, à la rigueur quasi scientifique, est méthodique et procédurier. Quand il tient une idée, sa volonté est telle qu'elle embrasse toute la cause. Non seulement ce dossier secret qu'il projette sera informatisé, nourri de photos, accessible en un clic, mais il portera un nom : « CRAPULES ». Et son destinataire est tout trouvé : Tracfin, la cellule du ministère de l'Économie et des Finances chargée de la lutte contre le blanchiment d'argent. « On a décidé de monter un dossier de notre côté, tranquillement. Le but de ce dossier était de les planter à Tracfin, d'attirer l'attention sur eux, et de faire en sorte qu'ils n'en profitent pas ou mal [de l'or, NdA]. J'ai dit à Renée qu'on ne voulait pas tremper là-dedans, on ne voulait pas d'ennuis derrière, et on voulait montrer que, quand on balancerait le dossier, on n'avait pas croqué à ça », a-t-il expliqué lors de son premier interrogatoire de garde à vue, à Brest, dont il ressortira libre le 24 février 2017.

Or volé ou affabulations, Pascal et Brigitte Troadec se retrouvent au centre d'une opération d'espionnage dont ils ignoreront jusqu'à leur mort la portée. Hubert Caouissin revêt sa cape de super-enquêteur, à la fois détective et justicier, prêt à tout surveiller, soupçonner, enregistrer, annoter, consigner. Les photos de famille, les clichés de leur maison d'Orvault, de leurs véhicules, la chronologie fine et commentée des faits qu'il leur reproche, des lettres de témoignage. Une vie passée au scanner depuis le Finistère, qu'il révélera à la justice et au grand jour le moment venu. CRAPULES sera son arme secrète, confectionnée en silence, le jour, la nuit, des semaines entières, après chaque repas de famille, pour demain mieux dénoncer. Rentrer dans le dossier CRAPULES, c'est changer de visage. Pascal Troadec n'est ainsi plus l'héritier naturel de Pierre. Sa mère, sa sœur et son beau-frère l'ont mis sur la touche. Le voilà réincarné à leurs yeux en figure du mal, imposteur, voleur, traître, diable. Lui et sa femme Brigitte forment le couple maudit. En miroir, Lydie et Hubert, eux, se seraient mués en parfaits agents secrets, sur le qui-vive, prêts à la traque. Sans rien laisser paraître.

C'est un carnet à spirale, comme le titre de la jolie chanson de William Sheller, qui y trouvait « tout son bonheur en lettres capitales ». Un banal cahier, que l'on glisserait à la va-vite dans un cartable ou un tiroir de cuisine, à pages blanches et à petits carreaux. Sauf qu'il est devenu le carnet de bord d'une déroute. Lydie Troadec aurait pris l'habitude d'y consigner à la main toutes ses impressions de ses rencontres avec les Troadec. Leurs faits et gestes, leurs tenues vestimentaires, leurs attitudes, leurs humeurs, leurs répliques, leurs achats, leurs voitures, leurs courses, leurs vacances. Au fil des pages, Lydie et Hubert y couchent noir sur blanc tous ces petits détails du camp adverse qui les obsèdent. Les vies de Pascal, Brigitte, Sébastien et Charlotte Troadec s'écrivent mois après mois, années après années, dans une encre acérée, nécrosée par le sentiment de spoliation et la soif de revanche. Les enquêteurs l'ont découvert un peu par hasard alors qu'ils perquisitionnaient en juillet 2017 le domicile du couple, la ferme de Pont-de-Buis. Ils ont perçu, lignes après lignes, la force de leur ressentiment depuis tant d'années. Dans l'affaire Troadec, le temps est assassin. L'horloge, impitoyable de durée et de pénitence. Le conflit s'étale sur près de sept années, de 2010 à 2017, au cours desquelles germent l'espionnage, l'enfermement, l'organisation du vide, la souffrance de tous côtés, et que ce petit carnet, dès février 2010, raconte si bien. « Regard ironique de Pascal avec Brigitte », y écrit Lydie Troadec dès le début d'année, après un repas tous ensemble. Août 2010 : « Ils paraissent très affectueux sur le canapé. »

Au fil des pages, la description physique des personnages apparaît comme le prolongement de leur âme. Chaque trait du visage est associé à une caractérisation morale. À propos de son frère Pascal : « On dirait le gagnant du loto sur la photo. Un sourire incroyable dans sa tenue Adidas. » Plus loin : « Seb est dans la salle de séjour devant l'ordinateur, dos courbé, avachi, avec un tee-shirt noir. » Le récit chronologique se poursuit sur plusieurs pages noircies d'une petite écriture ronde, et permet de remonter le fil de l'histoire comme on détisserait à la main une toile d'araignée. Octobre 2010. « Beaucoup de boutons sur la gueule de Seb. » Noël 2010 ? « Encore tous habillés normalement », est-il précisé. Chacun est gratifié d'un surnom : « crapule » pour Pascal, « la grosse dondon » pour Brigitte. « Ils ont l'air heureux ces crapules. » « Brig se met à mettre des annonces sur Leboncoin. » Les enfants s'appellent par leurs prénoms. Charlotte porte « une montre-bracelet », « ongles bien limés ». Manifestement, la fête de famille s'est bien passée : « Hub a repris la communication », « la grosse dondon » est habillée en « bleu et rose ». Minutieux passage en revue de chacun des membres de la famille Troadec, inspection corporelle et comportementale, photographie sociologique. « Seb joue à un jeu débile sur son ordinateur. » Le petit carnet à spirale est un journal intime qui livre bien plus que des heures d'interrogatoire. C'est un roman noir digne de *La Comédie humaine* de Balzac. « Oui, c'est bien mon écriture », reconnaîtra Lydie Troadec, le 8 octobre 2019, lors de la première confrontation du couple devant les juges d'instruction. Elle précisera aussi avoir parfois analysé des photos d'eux sur son ordinateur. Pourquoi ce cahier ? « Pour contrôler leur train de vie, voir un peu s'ils avaient évolué. » À ses côtés, Hubert Caouissin soutient aujourd'hui encore qu'il ignorait tout de ces prises de notes de sa compagne, même s'il a reconnu y avoir apposé sa propre écriture sur la première page.

L'année s'écoule ainsi, au gré des réunions de famille consignées. Juillet ? « Ils sont venus chez Mamie Renée. La Laguna bleu marine est présente. » Septembre ? « La gamine nous regarde méchamment. » Douze mois plus tard, pour Noël 2011, toute la famille se retrouve de nouveau chez Renée. Déjà le quatrième Noël sans Pierre Troadec. Derrière le sapin orné de guirlandes, le buffet en bois d'acajou et les sourires de circonstance, Pascal, Brigitte et les enfants ignorent à quel point ils sont en territoire ennemi, jaugés, scrutés de la tête aux pieds. Étrange Noël où l'on consent au traditionnel échange de cadeaux, alors que dans la coulisse on ne s'en fait aucun. Une fois encore, rétrospectivement, le carnet à spirale balaie d'une phrase le *dress code* de la soirée et l'ambiance. Ils sont « bien habillés », « et même Brigitte habillée de façon plus luxueuse ». Au cours du repas, Pascal et Brigitte comprennent-ils que le fils du couple, âgé d'un peu plus de trois ans, vient de faire un passage éclair à l'école ? À peine entré en maternelle, l'enfant est déjà de retour à la maison. Hubert et Lydie ont décidé de le déscolariser pour lui faire l'école eux-mêmes à la maison. Brigitte s'en étonne. Peu de temps après, elle s'en ouvre auprès d'Hélène, son amie de trente ans. « Brigitte, ça l'énervait beaucoup l'éducation du petit », me raconte celle-ci. « Nous étions ensemble à une crémaillère quand elle m'a raconté qu'ils avaient décidé d'enlever leur fils de l'école. Je me souviens qu'elle s'inquiétait pour lui. Comme elle s'inquiétait de l'état de la maison d'Hubert et Lydie à Plouguerneau. C'était une maison neuve et elle disait : “Ils n'ont pas fait l'encadrement des portes ni les peintures, ni peint les murs.” Elle racontait qu'Hubert Caouissin gardait l'eau de la douche pour arroser les plantes, et mettait du papier journal sur la table pour éviter qu'elle ne s'use. »

Lors de ce Noël 2011, dans cet univers familial de défiance mutuelle, Hubert Caouissin lui aussi croit avoir décelé quelque chose de nouveau chez Sébastien et Charlotte Troadec : le « nouvel » amour pour leur père, Pascal. « Il était devenu comme un dieu avec eux », jurera-t-il aux enquêteurs lors de sa toute première garde à vue, semblant suggérer que l'or supposément volé ferait briller d'un nouvel éclat la figure paternelle. La soirée de Noël s'est terminée comme elle avait commencé, entre bonne humeur, sourires feints et échanges de présents. 2012 s'annonce comme un tournant pour Hubert : un nouveau poste à l'arsenal de Brest. Une promotion. Pascal et Brigitte, eux, sont loin d'imaginer qu'ils sont devenus ses créatures. Des codes-barres passés au scanner. Entre le dossier informatique CRAPULES, et ce si singulier carnet à spirale, désormais, ils vivent en liberté surveillée.

9.

Descente aux enfers

« Mon rêve, c'était de travailler en voyant la mer. C'est fait. » Ce fut sa première phrase, après les politesses d'usage, alors que je mettais pour la première fois les pieds à son bureau baigné de lumière face à la rade de Brest. Ciel bleu sans nuages, grand soleil d'avril, température douce, instinctivement, je me suis dirigé droit vers cette baie vitrée ouvrant sur la mer. « C'est la plus belle rade du monde après celle de Rio », s'émerveille-t-il, allumant une cigarette. Puis, se tournant vers moi : « Mais vous notez ça ? »

Nous sommes restés debout, plus de trois heures, face à la mer, à discuter. Patrick Larvor est l'un des deux avocats d'Hubert Caouissin. Défendre est sa seconde nature, depuis que, adolescent, au collège puis au lycée, il était délégué de classe. « J'étais celui qui protégeait les copains qui faisaient des conneries. » Depuis 1987 et sa prestation de serment, il « s'éclate ». Sur l'un des murs de son bureau s'affiche, encadrée, la photo de deux jeunes qu'il a défendus, signée « Merci maître Larvor ». L'homme, discret, est aujourd'hui un avocat qui compte quelques belles victoires à son palmarès pénal, et continue à traiter de divorces ou de successions litigieuses. Quand il découvre pour la première fois l'information de la disparition de la famille Troadec, fin février 2017, il est à la cour d'assises de Quimper : il se prépare à défendre un coaccusé dans l'affaire Laetitia Monnier, dite « Lola », une ancienne *call girl* accusée de meurtre. Ce matin-là, avant l'audience, avec son café, il ouvre les pages du journal *Le Télégramme*. « Page de gauche, l'affaire Troadec, page de droite, l'affaire Lola. » Quelques jours s'écoulent et la famille Troadec s'installe à la une du journal. « Je suivais cela de loin : aux assises, on est dans une bulle. Je me suis simplement dit : "Ça a l'air lourd." » Alors qu'il se prépare à plaider, son téléphone portable vibre dans le vide. Plus tard, consultant sa messagerie, il entend la voix d'outre-tombe de Jean-Noël Caouissin, le frère d'Hubert, qui sollicite ses services. Les deux pages du *Télégramme* se télescopent. Et Patrick Larvor est « entré dans le dossier ». « J'étais loin d'imaginer que j'allais débarquer dans un truc comme ça », admet-il. C'est la mère d'Hubert Caouissin qui l'a choisi, parce qu'il est un homme du cru. « L'histoire est brestoise. L'or est à Brest. La famille Caouissin, de Plouguerneau, tout près », souligne-t-il.

Pour ne pas partir seul au combat, il propose à la famille de faire équipe avec Thierry Fillion, un ténor du barreau de Rennes, avec lequel il travaille déjà sur l'affaire Lola. Un binôme, pour « un sacré casse-croûte », résume cet homme de formules. « Thierry, c'est une fine lame. Je lui ai dit : “Toi, tu vas jouer l'intello du dossier, et moi, je vais ratisser la terre.” » Cette terre bretonne, Patrick Larvor l'arpente depuis cinquante ans, de cour d'assises en cour d'assises, depuis qu'à dix-huit ans il a préféré le droit à la médecine. Au départ, ce petit-fils d'entrepreneur en bâtiment au nom très connu à Brest s'imaginait devenir magistrat, avant de se retrouver commis d'office, alors qu'il n'était qu'un avocat débutant. Les dossiers pénaux ne l'ont plus lâché. Sa réputation s'est installée. L'enfant du pays, « né les pieds dans l'eau », connaît la Bretagne par cœur, ses hommes et leurs caractères. Pendant les vacances d'été, il vogue sur son semi-rigide sur les îles de Glénan ou à Bénodet. Pense parfois à son père, qui a participé à la reconstruction de Brest après la Seconde Guerre mondiale, « quand les Brestois vivaient dans des cabanes ». Le « fils terrible de la famille », comme il se présente en souriant, nourrit depuis petit un amour inconditionnel pour Brest, son goulet, ses presqu'îles de Plougastel, de Roscanvel, de Crozon, et ses îles : l'île des Morts et l'île Ronde.

Avril 2018, depuis le balconnet de son bureau de la rue Denver, au pied de la « Tour américaine », Patrick Larvor fume cigarette sur cigarette et montre du doigt avec une infinie précision tous les points de la rade, de la pointe du Corbeau à celle des Espagnols. On suit son doigt du regard. Il s'arrête. « L'île Longue ». Une mince avancée longiligne de terre sur l'eau. La très prisée base sous-marine de la marine française. Un joyau militaire devenu le temple de la fabrication des sous-marins. C'est là qu'en 2012 Hubert Caouissin débarque aux commandes de son nouveau poste : coordinateur des travaux en chaufferie, affecté aux sous-marins nucléaires lanceurs d'engins. Ils se nomment *L'Indomptable* et *L'Inflexible* et constituent le fleuron de la défense militaire française. Une promotion de plus pour celui qui a intégré à seize ans l'école de formation technique des arsenaux, après son BEP de technicien. Il a réussi le diplôme de formation technique de l'école de l'armement, puis plusieurs autres concours internes à l'entreprise. Le *statu quo*, très peu pour lui. « Hubert l'imparfait » fut tour à tour ouvrier de production, technicien tôlier, responsable de la gestion d'ateliers d'armements et de munitions, préparateur chaudronnier, franchissant les haies les unes après les autres, décrochant les postes.

En 2012, il se prépare à ouvrir une nouvelle page. Et il n'a pas idée du changement qui va s'opérer pour lui. À quarante-deux ans, il est à un point de basculement de sa vie. Il voguera chaque jour dans la rade pour gagner l'île Longue par bateau, depuis le port, aux aurores. Son entreprise, Naval Group, ancienne DCNS (Direction des constructions navales et services), fleuron industriel français, affrète spécifiquement des navettes pour le transport de ses employés. Départ à 7 h 30 tapantes. Hubert est contraint de se lever très tôt, prendre la route en voiture depuis Plouguerneau, rouler trente-cinq kilomètres, se garer au parking de l'arsenal de Brest, emprunter la navette maritime jusqu'à l'île Longue. Un grand bol d'air iodé et, au total, plus de une heure de trajet porte à porte. À bord, il retrouve ses collègues, pour la plupart très jeunes, âgés d'une vingtaine d'années, mais aussi tous les « anciens », syndiqués, comme lui. Et leurs petites habitudes : pendant la demi-heure de traversée, quand du ciel une nuée d'oiseaux marins les observent, eux jouent aux cartes. Pour Hubert, cela n'a rien d'une partie de plaisir. Ce sportif n'a jamais rechigné à travailler, mais, dès sa prise de fonction, le cœur n'y est pas. Il juge ce rythme contraignant et fatigant. Après sa journée à l'entretien des sous-marins, vers 16 h 30, il emprunte la navette vers la terre ferme et fait le même trajet en sens inverse, jusqu'à sa maison de Plouguerneau, où l'attendent Lydie, toujours en convalescence, leur petit garçon, les cours de mathématiques à lui donner, le jardin et les poules, les arbres à tronçonner et l'épineux dossier CRAPULES.

Les mois s'écoulent, la fatigue le gagne, aux trajets quotidiens s'ajoutent le stress lié à ce nouveau poste et, très vite, cette nuisance qui bientôt le rongera : le bruit. Des décibels et des décibels. Machines, moteurs, souffleries… Son poste est situé au-dessus d'une zone de travaux. Un imposant ventilateur, « de la taille d'un camion », relatera-t-il, jouxte son bureau. S'esquisse alors une vie de chantier faite de bruit permanent. « Un chantier naval, par définition, c'est bruyant », rapporte, fataliste, un de ses anciens collègues de l'île Longue. Sauf qu'Hubert, très vite, se sent lessivé. Serait-il hypersensible des tympans ? Il en émet l'hypothèse et entre dans un tunnel dont il ne trouvera jamais la sortie. Peine perdue, à tous les égards, ne serait-ce que parce qu'il travaille dans l'obscurité, sur les sous-marins, sans voir le jour. La vie se complique. Les transports, le vent, la houle, le froid, la galère. Hubert Caouissin s'accroche, mais le moral s'effrite. La promotion vire à la dépression. Devant une enquêtrice venue le rencontrer en prison, volontiers affable, il se remémore : « Je ne voyais plus ma famille. » Plus tard, il résumera encore : « C'était un poste par dépit. » L'île Longue n'est plus une terre promise mais un chemin de croix. Sans compter qu'à la maison, loin d'avoir disparu, l'obsession pour Pascal et Brigitte Troadec semble le dévorer. S'endormir est une épreuve. Les nuits sont de plus en plus courtes. Il cogite, rumine, souffre de maux de tête, de vertiges, et, de retour au travail, tente de garder la face. Des mots de son ancien collègue qui requiert l'anonymat, « un bon camarade, dont on savait peu de chose, il ne parlait pas trop aux gens ». Derrière la façade, l'homme est à fleur de peau. Il lui arrive de redouter cette colère qu'il sent insidieusement gronder en lui. « Et puis, vous êtes face à la maladie de son épouse », rappelle Patrick Larvor, son avocat. « C'est un cataclysme qui s'abat sur la famille. Il doit assumer son travail à l'île Longue, le petit en bas âge. Et cette histoire d'or qui arrive dessus. J'ai l'impression d'un truc qui s'empare de lui. »

La suite semble écrite et tient en deux mots : *burn out*. Épuisement professionnel. Épilogue le 5 novembre 2013, après treize mois passés à l'île Longue : Hubert Caouissin cesse le travail. Touché, coulé. Le congé maladie va durer trois ans, dessinant davantage qu'une souffrance professionnelle : un mal de vivre, un pot-pourri de déceptions, de désillusions et de phobies nouvelles, qu'il tente de masquer. En retrait, secret, pudique, sauvage, il semble désormais réunir tous les ingrédients d'une bombe à retardement.

À trois cents kilomètres de là, en apparence, comme la vie paraît plus douce à Orvault. À 7 h 30, Brigitte est déjà au bureau, au centre des impôts de Nantes, où elle s'occupe de la trésorerie et des emprunts remboursés. Elle se concentre sur la gestion des collectivités, en particulier les établissements publics médico-sociaux. Rares sont ses collègues, heurtés par l'affaire, à accepter de parler d'elle aujourd'hui. Mais sa bonne nature reste dans les mémoires. C'est une femme sociable, d'humeur égale, qui n'a pas la langue dans sa poche. Elle évoque parfois son mari, une brocante qu'ils ont arpentée ensemble, cette montre qu'elle lui a dénichée, ou leur week-end à Saint-Malo. Dans cet univers professionnel où l'intime n'a pas toujours sa place, elle a déjà évoqué du bout des lèvres un autre homme : Hubert Caouissin. Ce beau-frère par alliance qu'elle juge insaisissable et qui l'inquiète, mais pas au point de prendre le pas sur son sujet de conversation fétiche : ses enfants. Son Sébastien geek et un peu bordélique, sa Charlotte pot de colle avec laquelle elle échange chaque jour une flopée de SMS. Entre elles, le cordon ombilical tient bon. Brigitte a besoin de sa fille, Charlotte de sa mère, à se demander laquelle veille le plus sur l'autre. Au bureau comme au téléphone avec les siens, Charlotte revient dans toutes ses conversations.

Elle est comme ça, Brigitte Troadec, priorité aux enfants. Maman poule et femme de tête. Une

« Solivérès », son nom de jeune fille, aux origines espagnoles. Un nom connu à Landerneau, berceau de sa famille. Les Solivérès, c'est un quatuor de femmes. Denise, la mère, Martine, sa fille aînée, Brigitte et Hélène, la benjamine. Quatre sœurs finistériennes, quatre déterminations. « Brigitte gérait bien sa vie de famille. On est des femmes assez volontaires ! » sourit Martine, quinquagénaire dynamique aux cheveux blonds bouclés, lors de notre première rencontre à Brest, quelques semaines avant Noël 2017. Affirmée mais secrète, piquante et aimante, Brigitte Troadec-Solivérès est le capitaine de famille. Voilà vingt ans que ses réussites professionnelles rythment le destin familial. Dès les années 1990, c'est elle qui embarque Pascal en région parisienne. Elle a décroché un job à La Courneuve, aux impôts. Le couple s'installe dans un petit appartement à Drancy, aux portes de Paris, Pascal trouve à son tour un travail, et le couple donne naissance à Sébastien. Tout allait bien jusqu'à l'irruption brutale de braqueurs au centre des impôts. Ce matin-là, en un millième de seconde, Brigitte se retrouve plaquée au sol. « Elle a été en prise directe avec le braquage, et à la suite de cela, elle a fait une dépression », raconte son amie de trente ans, Hélène. « Elle a alors demandé sa mutation. Le plus proche de la Bretagne qu'elle pouvait obtenir, c'était Blain. » Brigitte, Pascal et leur petit plient donc bagage vers Blain, à quarante kilomètres de Nantes. Une nouvelle page s'ouvre.

Après la naissance de Charlotte, Brigitte décroche une dernière mutation. Nantes ! Dans la foulée, la famille achète à Orvault. Renée et Pierre Troadec viennent prêter main-forte pour l'emménagement. Pascal multiplie les intérims, avant d'être embauché en CDI. La famille s'installe pour de bon, et Brigitte donne le *la*. Main de fer dans un gant de velours, elle gère la vie de famille, les courses, la scolarité des enfants, les formalités administratives. Et les week-ends au vert, en Vendée, où ils ont fait l'acquisition d'un mobile-home. Pascal ne fait pas un pas sans son épouse et, en voiture, souvent, se retrouve sur le siège passager : Brigitte tient le volant et emmène tout le monde avec elle. En cette année 2012, quand le slogan du candidat François Hollande à l'élection présidentielle « Le changement, c'est maintenant » s'étale sur les panneaux d'affichage, le couple décide d'acheter une nouvelle voiture et de se séparer d'une de leurs deux Renault Laguna. Pascal et Brigitte se rendent chez le concessionnaire à deux pas de la maison. L'affaire est vite réglée : une Audi A4 d'occasion. « C'était le rêve de Pascal », se souvient Éric, l'un de ses amis de vingt ans. « Dans la vie, il aimait bricoler, aller au restau, faire un barbecue, boire un bon verre de saint-émilion, écouter la musique des années 1980. Il n'aimait pas le foot. La seule vraie chose que Pascal aimait par-dessus tout, c'étaient les belles voitures. » Le modèle n'est pas dernier cri, il date de 2007, la voiture n'est pas de première main, et affiche plus de dix mille kilomètres au compteur. Qu'importe, la berline a du coffre, un moteur TDI, et le rêve est exaucé à moindres frais. Selon la famille, le garage reprend leur vieille Renault Laguna 2 700 euros. Le couple débourse 22 696,50 euros comptant, contracte un prêt de 6 100 euros étalé sur soixante mois, et l'Audi se fond dans le décor de la rue d'Auteuil.

Ce soir-là encore, il s'est cogné la tête contre les murs de la maison de Plouguerneau. Excédé. Cela lui prend de temps en temps : une colère sourde s'empare de lui. Ses membres frémissent, ses musclent se contractent, son cœur s'emballe. Hubert Caouissin n'arrive plus à contrôler le mal. De courts instants, fugaces, il pète les plombs, et boum, se tape le crâne contre la porte. Lydie Troadec n'en croit pas ses yeux. Où est passé son Hubert si pondéré, qui toujours, même dans ses excès d'autorité, gardait son sang-froid ? À plusieurs reprises, la jeune femme déguerpit. « Ma fille venait régulièrement, avec le petit, dormir chez moi. Hubert criait, il était bizarre, me disait Lydie », a témoigné Renée Troadec sur RTL le 13 mars 2017. « J'avais besoin d'être seul », a confié le principal prévenu aux enquêteurs. « Je suis devenu hypersensible aux basses fréquences, j'ai commencé à entendre les bruits de la tuyauterie à mon domicile, j'ai dormi de moins en moins. Je suis devenu un peu fou ; je suis devenu hyperviolent contre moi-même ; je me cognais la tête partout ; c'était à devenir fou, j'avais l'impression que ma tête allait exploser, j'avais peur pour Lydie et notre fils à qui j'ai demandé d'aller vivre chez Renée. » Le médecin de famille de Plouguerneau prescrit à Hubert un antidépresseur, et lui recommande de consulter un psychiatre, qu'il ne rencontrera qu'une seule fois, à Brest, en 2014. « On m'a incité à aller voir un psy, mais le psy n'a rien compris », expose-t-il aux enquêteurs qui l'interrogent. Et se rendre à Brest pour une consultation, non merci : la ville, le bruit, les voitures, la foule, tout l'angoisse. Lydie tente de l'apaiser. « On vivait ensemble, mais je n'étais plus qu'une loque, un bon à rien », poursuivra-t-il. Les médicaments ne font pas de miracle. Le diagnostic est posé : hyper-sensibilité aux basses fréquences, sans que cela soit reconnu comme maladie professionnelle. Le médecin change le traitement. « À un moment donné, on m'a filé un peu de Tertian, ça m'a mis K.-O., j'étais un zombie, je ne dormais pas. Mais le problème, c'est que j'entendais toujours les bruits. Je me suis rendu compte que j'avais besoin de calme », a-t-il raconté le soir de ses aveux. La descente aux enfers semble contenue, mais la dépression est là. Il ne s'épanche pas, mais ses quelques proches voient bien que ça ne tourne pas rond. Sa compagne bien sûr, sa belle-mère, Renée, et sa mère, Marie-Françoise Caouissin, qui vit aussi à Plouguerneau, à un kilomètre de chez lui. Trois femmes de tempérament qui planent au-dessus de lui. Elles pensaient sans doute qu'avec le temps ça passerait. À tort.

« Ça c'est une affaire ! » Ce matin de mai 2013, Brigitte Troadec est sûre de son coup. Elle qui manie les chiffres à la perfection et tient les comptes de la maison au centime près en est convaincue : il faut foncer. Voilà des semaines qu'elle scrute les ventes de véhicules d'occasion. Quinze mois après l'achat de l'Audi A4, elle aussi enverrait bien valser sa vieille Laguna, comme Pascal avant elle. Une page est en train de se tourner à Orvault : les voitures de la marque au losange n'ont plus la cote. Surtout depuis la proposition du concessionnaire. Ce 22 mai, celui-ci met sur la table 2 000 euros pour reprendre la vieille Laguna de Brigitte, et propose au couple d'acheter une BMW noir métallisé d'occasion pour 15 100 euros. Le véhicule a un peu moins de trois ans, plus de cinquante mille kilomètres au compteur, une boîte manuelle, un intérieur en tissu. Banco ! Brigitte pioche dans leurs économies et paye comptant. « Brigitte et Pascal vivaient simplement. Ils n'investissaient pas dans la décoration, dans la maison, les bijoux ou les vêtements… Ils travaillaient tous les deux et épargnaient. Ils n'étaient pas matérialistes », confient Hélène et Éric, leurs amis de jeunesse. « En trente ans d'amitié, on n'a jamais vu chez eux de signes extérieurs de richesse, et l'argent n'était pas un sujet de conversation. » Et ce ne sont pas toutes ces dizaines et dizaines de photos soigneusement classées s'étalant devant moi qui pourraient laisser penser le contraire.

En 1987, une jolie jeune femme à la chevelure ondulée roux flamboyant débarque en DUT à Brest. Elle vient de tenter une première année en IUT informatique, à Lannion, mais la greffe n'a pas pris. Brigitte Solivérès, vingt ans, semble timide et juvénile, mais quand elle arrive en cours, elle balance dans l'amphithéâtre une vanne qui fait rire l'assistance. C'est devenu sa signature. Elle aime Depeche Mode et sortir en boîte de nuit. Un groupe de copines se forme. Et me fait passer, trente ans plus tard, un message collectif par Hélène, la seule qui accepte, après plusieurs semaines d'hésitation, de me rencontrer, aux côtés de son mari, Éric. « On aimait sa franchise, son humour avec une pointe d'ironie et de malice qui nous a plu tout de suite. Ses cheveux roux et bouclés faisaient penser à une Irlandaise. On retient sa sympathie, sa franchise, son caractère jovial », m'écrivent-elles d'une même plume. L'étudiante assidue obtient de bonnes notes. Ses petites piques ironiques la rendent attachante. « Brigitte, elle était directe », résume Hélène. C'est le temps des premières noces et des bristols dans les boîtes aux lettres. Juin 1992 : une fille de la bande se marie. Lors de la soirée, Brigitte porte une longue robe noire, parsemée de motifs blancs. Elle a vingt-cinq ans. Sur les photos, ce n'est pourtant pas sa tenue qui attire mon regard curieux. Plutôt sa tête baissée, alors que tout son corps danse. Elle rit aux éclats. Elle n'est pas venue seule et n'en avait prévenu personne. L'homme aux cheveux bruns et gominés qui la fait rire et danser ce soir-là porte un smoking noir et un nœud papillon. Il s'appelle Pascal Troadec. Comme elle, il a vingt-cinq ans. Elle l'a rencontré il y a plusieurs mois à la discothèque Le Magnum, au Faou, dans le Finistère. Treize mois plus tard, sur le perron de l'église Saint-Houardon de Landerneau, une jeune femme au regard doux et aux cheveux clairs, souriante, pose au premier rang. C'est Lydie Troadec, témoin de mariage de son unique frère Pascal, qui, ce 3 juillet 1993, sous le soleil de Bretagne, épouse Brigitte Solivérès.

Ils sont donc arrivés avec leur nouvelle voiture, après trois cents kilomètres, avec à l'arrière Sébastien, Charlotte, et les paquets-cadeaux. 24 décembre 2013 : traditionnel réveillon de Noël chez Renée, à Guipavas. Voilà des semaines que la famille ne s'est pas réunie. Et déjà deux mois qu'Hubert est en arrêt de travail et passe ses journées cloîtré à la maison, à Plouguerneau, avec Lydie et leur fils. Aucun contact avec le voisinage : « Du jour au lendemain, l'un et l'autre ne m'ont plus jamais dit bonjour », raconte, dépité, Michel leur voisin d'en face. Hubert broie du noir. Il l'a confié aux enquêteurs : « On n'était plus dans le même monde, nous on vivait l'horreur, pour nos amis c'était le monde des Bisounours ! On avait quitté le monde de l'insouciance. » Ce Noël sera le dernier tous ensemble, et un conflit aurait d'ailleurs éclaté dès le début de la soirée à cause du plan de table. On fait mine de passer à la suite. Que se souhaiter alors qu'une nouvelle année s'annonce ? Brigitte et Pascal se projettent et évoquent à voix haute leurs envies de voyages. En 2014, ils aimeraient prendre l'air à l'étranger, partir en week-end avec les enfants, découvrir les capitales européennes facilement accessibles depuis l'aéroport de Nantes. Pour eux, cela n'a rien d'extravagant. Pour Hubert et Lydie, c'est la goutte d'eau. Des voyages, après les « berlines ». « Oui, les flambes ont commencé », jugera des années plus tard Renée Troadec. « Oui, son train de vie a changé, il venait ici nous snober, il était fier comme je ne sais pas quoi », pestera-t-elle à l'égard de son fils sur RTL. Si le doute était encore permis, pour eux cette fois c'est sûr : ils roulent sur l'or. Ce soir-là, Renée Troadec verra ses petits-enfants, Sébastien et Charlotte, pour la dernière fois de sa vie.

Hubert Caouissin ressasse. Et Renée avec lui. Un matin de 2014, elle lui aurait raconté ce qui ressemble à une odyssée : la découverte de l'or dans la cave de l'immeuble de Brest par son défunt mari Pierre, les clés de sa maison subtilisées par Pascal, la spoliation, le mensonge. « Un matin, en pleurs, elle nous crache le morceau, et nous explique que c'est de l'or, alors que jusque-là j'avais oublié cette conversation, ayant mes propres problèmes de santé, les choses se sont remises en place dans ma tête », a expliqué Hubert à la police, lors de sa première garde à vue, le 24 février 2017. Dans leurs conversations, le récit s'écrit dans tous les sens, se rature, se réécrit, les dates varient, les détails changent, la chute, elle, est invariablement la même : pour eux, Pascal et Brigitte ont sciemment volé l'or familial et se pavanent, ingrats et provocants, forts de leur fortune nouvelle. Dans ce roman à tiroirs, délicat de démêler le vrai du faux, les faits des interprétations, les intuitions et la réalité, le délire du rationnel. Alors l'avocat Patrick Larvor a très vite tranché à sa façon : « Que l'or ait existé ou pas, à la limite : est-ce que cela a une importance ? L'important, c'est qu'Hubert Caouissin s'autopersuade de ça », insiste-t-il pour défendre son client. Hubert Caouissin croit à ce récit jusqu'à l'incarner, y jetant toutes ses forces. En juin 2014, il se rend à Orvault avec l'espoir d'obtenir une explication et un arrangement avec Pascal et Brigitte. Sauf que ni l'un ni l'autre n'était là quand il débarque à 14 heures, expliquant sur le pas de la porte à Sébastien les raisons de son courroux, ce que le jeune homme racontera *illico* à son père à son retour du travail. Pascal voit rouge. Brigitte rentre à son tour. Le couple décroche son téléphone pour une conversation bruyante avec Hubert,

Renée et Lydie. Tous activent le haut-parleur, et dans les éclats de voix de cette conversation chorale, un point les met d'accord : s'expliquer face à face. Hubert propose au couple de se rendre rapidement dans le Finistère pour une conversation les yeux dans les yeux. Brigitte raccroche. Elle appelle sa sœur Hélène, et lui raconte, inquiète, cette conversation insensée, les six cents kilomètres parcourus par Hubert pour une visite qui n'avait rien de courtoisie. Rendez-vous est pris : le samedi suivant, tous ensemble, à Guipavas, chez Renée.

« C'est l'affaire Pastor, c'est l'affaire Pastor ! » Selon Hubert Caouissin, c'est par ces mots que Pascal Troadec, en furie, serait donc entré chez sa mère le samedi suivant, suivi de Brigitte, tous deux piqués au vif par les accusations. Samedi 5 juillet 2014 : réunion au sommet, avec pour ordre du jour « un arrangement ». Pascal et Brigitte arrivent d'Orvault, et ont laissé les enfants à la maison. « Ils n'étaient pas contents de faire trois cents kilomètres pour une explication, mais ils l'ont tout de même fait, car mon beau-fils a parlé d'un arrangement avec eux », écrit Renée Troadec dans une lettre datée et signée de sa main, faisant office de trace écrite, dont elle précisera aux enquêteurs qu'elle l'a rédigée avec sa fille et son beau-fils à ses côtés. Sa destination ? Le dossier CRAPULES, et un jour peut-être, Tracfin, le gendarme de Bercy. En toutes lettres, la vieille dame couche sur papier la catharsis à ciel ouvert de ce 5 juillet. Son fils Pascal si excédé qu'il aurait fait d'emblée référence à l'assassinat d'Hélène Pastor, la riche héritière monégasque, deux mois plus tôt à Nice. Un crime qu'aurait commandité son gendre, pour mettre la main sur douze milliards d'euros d'héritage. Cet ancien consul de Pologne à Monaco aurait chargé son coach sportif de recruter des tueurs dans les cités de Marseille pour faire abattre sa belle-mère. Et c'est avec cette tragédie familiale en bouche que Pascal Troadec serait arrivé sous la véranda. Une scène mi-polar, mi-vaudeville, à l'heure du déjeuner estival. Sauf que Brigitte et Pascal tombent des nues et nient toute implication. « Pascal a manqué de casser la porte-fenêtre, avec une fureur épouvantable. Hubert a demandé ce que je décidais. J'ai dit que normalement, c'était moitié-moitié. “Certainement pas, moi je garde tout”, a dit Pascal ! » a raconté Renée Troadec, sur RTL, sans omettre l'épilogue : son malaise. À mesure que son fils, sa belle-fille, sa fille et son gendre se disputaient, la vieille dame à la santé fragile s'est sentie mal. « Je ne souhaitais pas que ça finisse mal, et qu'on ait un décès », rapporte pour sa part Hubert Caouissin. « Ils ne voulaient pas discuter, ils voulaient savoir ce qu'on savait. » Pascal Troadec est sonné par la charge. « Il a dit ne rien comprendre [...]. Il a dit qu'il n'avait rien à se reprocher », écrit encore Renée Troadec dans sa lettre.

Ce qu'ignorent Pascal et Brigitte, ce jour-là, c'est que, discrètement, Lydie Troadec cache un enregistreur dans son soutien-gorge. Désormais, dans cette famille qui se déchire, on s'enregistre en cachette, on s'épie, on garde une trace, on cherche des preuves, on alimente un dossier. Et cet enregistrement marque un tournant. Car pendant les trois années d'enquête judiciaire suivant la mort de la famille, Renée Troadec, Hubert Caouissin, Lydie Troadec ont à plusieurs reprises été interrogés sur ce fameux samedi. Tous les trois ont livré des versions identiques, à quelques détails près. L'emportement de Pascal, les dénégations du couple, la conversation qui dégénère, le malaise de la grand-mère. Mais les investigations poussées des policiers spécialistes de l'informatique ont permis de retrouver dans les ordinateurs saisis le fameux fichier audio de l'enregistrement. Et au couple défunt de livrer une part de sa vérité *post mortem.* « Réentendre la voix de Brigitte va être éprouvant », redoute sa sœur Martine.

Ce 5 juillet 2014, Pascal et Brigitte viennent de passer le pas de la porte de Guipavas. Ni hurlements, ni références à l'affaire Pastor. Ils sont simplement conviés à s'asseoir. On rajoute des chaises et on entre dans le vif du sujet, avec Mamie Renée qui d'entrée de jeu réclame la moitié de son dû. La suite est une succession de questions du couple, qui ne comprend manifestement rien à cette histoire de pièces d'or. Alors Hubert Caouissin reprend depuis le début, expliquant que le trésor trouvé par son beau-père dans l'immeuble de Brest aurait pu changer la vie de la famille, mais qu'il a disparu. Et met le marché en main à son beau-frère et sa femme : soit ils n'ont rien à voir avec cet or volatilisé, soit ils s'en sont emparés et ils devront l'assumer. Dans le brouhaha jaillissent quelques répliques crues. Brigitte leur demande s'ils sont tombés sur la tête et, face à une situation qui lui paraît grotesque, menace de quitter les lieux. Le couple se défend d'avoir acheté une Audi d'occasion et refuse d'être traité de voleur. Le ton monte, Renée

Troadec se sent mal, Hubert propose un arrangement, Brigitte s'indigne, prête à montrer ses comptes bancaires, le ton monte et la conversation tourne en rond. Hubert justifie sa visite surprise à Orvault quelques jours avant : il ne voulait pas courir le risque d'évoquer le sujet avec eux par téléphone, par crainte d'être « écouté » par des espions. Et maintient avoir une « information », refusant d'en dire plus. Son message est clair : ça peut mal finir. La transcription de la police s'arrête là, après quinze pages de texte en petits caractères, mais la réunion a duré plus longtemps. Sommé de s'expliquer face aux juges sur cet enregistrement, Hubert Caouissin assumera : « On pensait avoir des aveux. » Et jugera la réaction étonnée du couple « feinte ». « Lors de cette réunion familiale, pour Renée, Hubert et Lydie, M. et Mme Troadec sont en train de mentir et font preuve de duplicité. Si Hubert Caouissin leur explique que ça peut mal finir, c'est parce qu'il veut qu'ils prennent cette affaire d'or au sérieux. Il pense qu'elle peut aiguiser l'appétit de personnes malintentionnées et rejaillir sur eux tous. Il est dans la peur, et la paranoïa », veut croire son avocat Thierry Fillion. Le couple Troadec, tourneboulé, a repris route vers Orvault. Hubert Caouissin et Lydie Troadec, eux, décident de changer d'air et d'emménager à la campagne. Ils ont jeté leur dévolu sur une ferme isolée. Un an s'écoulera avant que tous ne se voient de nouveau.

10.

L'Île de la punition

C'est presque une île déserte où s'échouer. Un lieu enfoui, en contrebas d'une vallée, verdoyant, brumeux, hors du temps. On y trouve des champs de blé, une ferme avec des dépendances et, à la lisière de celle-ci, une forêt, que les rayons du soleil peinent à transpercer. Ses arbres feuillus et élancés façonnent le paysage, inspirent des mondes et des images. La nuit tombée, un gigantesque ballet prend forme. Des renards quittent leur terrier, à pas de velours, se faufilent entre les ronciers et les chênes, coursent des lapins apeurés et ignorent les sangliers. Un peu plus loin, des chevreuils boivent l'eau de la Douffine ou de l'Aulne, les deux rivières qui entourent la propriété, dans le brouhaha des grenouilles et la lumière des libellules. Quand le village finistérien de Pont-de-Buis plonge dans l'obscurité, la forêt tout entière appartient aux animaux sauvages. À eux, ces trente-deux hectares de chênes et de hêtres qui bordent la ferme du Stang. Dans cet univers boisé et maléfique, au son du bourdonnement des insectes, faisans et serpents cohabitent avec les créatures les plus féroces, le gibier le plus robuste, sous l'œil orange de la chouette, des écureuils et des oiseaux nocturnes. À Pont-de-Buis, les animaux ne sont jamais très loin des hommes. À l'heure où ceux-ci dorment et rêvent, ils prennent la relève et offrent leur fabuleux spectacle jusqu'au lever du soleil. Hubert Caouissin rêvait d'un endroit calme où poser ses valises, sa fatigue et sa revanche. En ce mois de janvier 2015, c'est dans ce village de Pont-de-Buis-lès-Quimerch qu'il emménage avec Lydie Troadec et leur fils.

Ils ont jeté leur dévolu, quelques mois auparavant, sur cette ferme excentrée, située en lisière de l'immense forêt, dans le bourg de Logonna, au lieu-dit « le Stang ». Ils ont déjà une maison à Plouguerneau ? Ils en auront une deuxième, distante de soixante-deux kilomètres seulement, nouvelle adresse de leur autre vie. S'en approcher aujourd'hui, depuis la route principale, relève de l'exploration. Il faut emprunter le seul accès possible, un chemin privé, en pente, bordé d'une végétation jaillissante, fermé par une barrière et ce panneau : « Site placé sous scellé judiciaire. Interdiction d'y pénétrer sous peine de poursuites prévues à l'article 434-22 du code pénal ». En contrebas, derrière la nuée de feuillages, apparaît alors, encaissée, comme tombée du ciel, une grande bâtisse en pierres, épaisses comme le mystère qui l'entoure, cernée par plusieurs dépendances.

Que n'avais-je lu sur ce village ? « Le bout du monde. » Et sur cette ferme du Stang, affublée, dans la presse, du sobriquet de « maison de l'horreur ».

« Une bâtisse lugubre et isolée », décrivait le quotidien *Libération*, qui l'avait choisie comme héroïne d'un jour, pour sa série estivale de 2017 consacrée aux « lieux hantés ». « Malgré la douceur de l'été et l'éclat d'une nature resplendissante, il en émane toujours une sensation inquiétante », écrivait le reporter du journal Pierre-Henri Allain. La perspective de m'y rendre me donnait presque des frissons. J'allais à Pont-de-Buis à la recherche d'une ferme encore plus terrifiante que mon imaginaire me l'autorisait. En cette journée fraîche et sèche d'hiver, j'ai donc pris le volant depuis Brest sous un ciel parfaitement bleu. Influencé par mes lectures, je pensais tomber dans un trou noir, franchir la frontière du crime, croiser le diable et basculer dans l'au-delà. Je suis entré dans un village en pleine lumière, bucolique et champêtre, jalonné de routes sinueuses, montagnardes, pittoresques. J'ai longé la Douffine, l'un des fleuves qui traversent le village et bordent de jolies maisons blanches en enfilade, puis, levant les yeux au ciel, j'ai vu de la fumée. Celle dégagée par cette poudrerie, créée par Louis XIV, devenue l'une des principales usines de fabrication de poudre de chasse et de grenades lacrymogènes en Europe. J'ai continué ma route, et j'ai aperçu le hameau de Logonna ainsi que cette forêt, protectrice, maternante, complice, dont je devinais qu'elle recouvrait la ferme. Seul, du haut de la butte, je me suis penché dans le vide, et j'ai découvert, au milieu des arbres, un minuscule bout de toit qui dépassait. La ferme du Stang. De cette vision en contre-plongée, juste avant la tombée de la nuit, ce soir de décembre 2017, émana la sensation d'un étrange face-à-face. Comme si nous avions rendez-vous elle et moi. Elle était là, difficilement visible, microscopique, empêtrée dans sa nature folle, murée dans son incroyable histoire et son silence glaçant. Enfin je rencontrais ce personnage clé de l'histoire. À voix basse, je murmurais : « C'est donc toi. Raconte-moi. » Je l'imaginais, rongée par l'ennui, meurtrie par l'abandon, salie par le sang, m'ouvrir ses portes et ses fenêtres, distillant ses confidences. Je me suis laissé porter par mon obsession. J'ai fermé les yeux. Et dans le noir de mon esprit, je l'ai vue, écrasée par l'ombre des chênes, ouvrir son épais grimoire, et me conter, page après page, les chapitres de son roman noir. J'ai basculé tout entier dans un autre monde, où les vivants comme les morts sont condamnés à devenir des fantômes.

Si cette maison pouvait parler, que dirait-elle ? Elle briserait d'un coup de voix les scellés qui l'ont astreinte au silence pendant deux ans et demi, depuis l'arrestation de ses propriétaires au matin du 6 mars 2017, à la levée des scellés en octobre 2019. Puis elle raconterait sa vie d'avant. Ses murs soignés, ses herbes fauchées, ses jardins entretenus, son intérieur rénové, ses poutres apparentes, ses meubles *design*, sa lumière naturelle. Ses anciens propriétaires en avaient fait un cocon. Mais ils sont partis, le couple Caouissin-Troadec l'a achetée, et la belle demeure s'est tout doucement muée en prison des secrets et labyrinthe des psychoses.

Déprimé, renfermé, en arrêt de travail, Hubert Caouissin voulait un endroit tranquille et retiré des hommes. Un confinement avant l'heure. La ferme est coupée du village. Mais elle connaît bien son histoire, celle qu'on raconte à tous les nouveaux venus. Pont-de-Buis connaît, à épisodes réguliers, des événements qui braquent soudain les projecteurs sur lui. Ce fut, en 1975, un gigantesque boum : une explosion à la poudrerie toute proche. Les 3 900 habitants ont frémi tant la détonation fit trembler les murs. 2012 : la fronde des « bonnets rouges » et le portique écotaxe, symbole de leur colère, installé sur la voie express entre Quimerch et Pont-de-Buis. « On avait encore eu les honneurs de la télé ! » s'exclame, fataliste, le sympathique maire Roger Mellouet, aujourd'hui décédé, alors qu'il m'embarque à bord de son véhicule pour deux heures de visite guidée. Ce fut enfin, en mars 2017, l'« affaire Troadec » et la « ferme de l'horreur ». Ces images de battues sous la pluie, quand des centaines de policiers et gendarmes ratissaient la forêt à la recherche des corps de Pascal, Brigitte, Sébastien et Charlotte. Quand des hommes vêtus de combinaisons blanches et de gants gagnaient progressivement, mètres carrés par mètres carrés, tout l'espace. Du haut de la butte, des dizaines de micros et caméras immortalisaient la scène, et plongeaient Pont-de-Buis dans une lumière crue.

Si elle faisait des gestes, la ferme du Stang porterait instinctivement son index à ses lèvres et sa bouche cousue. Silence : Pont-de-Buis est d'abord un secret. Quand le couple y jette l'ancre en janvier 2015, une règle intangible s'impose : personne ne doit en connaître l'existence. C'est la maison du non-dit. Interdite aux autres, aux bavardages, aux sons comme aux images.

Un lieu verrouillé, cadenassé, fermé à double tour par une épaisse clé en or. Le symbole de leur double vie. Pour les contacts du couple, Plouguerneau demeure l'adresse officielle. Pour tous sauf pour Renée Troadec, l'unique personne à être dans cette confidence qu'elle ne trahira pas. Hubert redouterait trop que Pascal et Brigitte ne l'apprennent. Le secret a tenu, cimenté, inviolé : le pacte de Pont-de-Buis est éternel. Ce n'est qu'après l'arrestation d'Hubert Caouissin et de Lydie Troadec, que leurs propres proches découvriront, stupéfaits, l'existence du lieu. Jean-Noël Caouissin, le frère aîné d'Hubert, dans le long entretien qu'il accorde au *Télégramme* un an après les faits, le confirme : « Ce que nous apprenons dans la presse nous sidère [...]. Nous ignorions même l'existence de la ferme de Pont-de-Buis, de leur vie là-bas. » Qui dit confidentialité dit mot de passe. Dans leurs conversations avec Mamie Renée, Hubert et Lydie l'ont affublée du nom de code « 26 ». Ils s'y installent début 2015, naviguant entre Plouguerneau et cette nouvelle demeure si grande pour eux : un corps principal, un immense hangar au toit recouvert de tôles rouillées, plusieurs dépendances, un poulailler, une rivière, une forêt. Un monde pour eux seuls. Une forteresse dont rêvait Hubert Caouissin, d'après lui pour soulager ses tympans et soigner son hyperacousie. À cette époque, il a décidé de fuir Plouguerneau et son environnement « qu'il jugeait néfaste », a commenté Lydie Troadec devant les enquêteurs chargés de cerner sa personnalité. Les voisins l'agaçaient, les bruits émis par la pompe de la serre et la ventilation l'irritaient. Plus rien n'allait. Il fallait partir. La réalité n'est jamais tout à fait ce qu'on attend d'elle. Le calme est là, mais à l'intérieur, la tempête gronde. Hubert bouillonne. Lydie Troadec, en arrêt maladie, poursuit sa convalescence. Hubert Caouissin est toujours en arrêt de travail pour *burn out*. Dans ce néant de vie, seule une silhouette crie au monde son existence. Le fils Caouissin, ce petit garçon qui grandit dans l'ombre, et que ses parents ont finalement inscrit à l'école communale, unique zone de vie sociale pour l'enfant de sept ans.

Cela faisait des mois qu'il n'avait plus mis les pieds dans une salle de classe : rayé de la liste d'appel, sur décision d'Hubert, qui préfère l'école à la maison. Il revient chaque midi déjeuner à la maison avec ses parents, qu'il éclaire d'un rire lumineux et de son innocence. D'après plusieurs proches de l'enquête, c'est un enfant vif, gai, intelligent, curieux, bavard. Il aime jouer, dessiner, apprendre, regarder la télé, les dessins animés et les documentaires. À Pont-de-Buis, ses parents se sont construit un monde, et lui le sien, rempli de chevaliers et d'armures, d'épées et de combats, de personnages historiques. Le fils Caouissin raffole d'histoire de France. Son père l'abreuve de connaissances, et partage avec lui sa passion pour l'Antiquité et ses héros, Achille, Hector, Ulysse. Le petit érudit impressionne ses camarades tant son savoir est colossal pour son âge. Son prénom noble commence par un « H », comme son père, Hubert, avec qui il partage les mêmes initiales, HC. Avec ce H porté en majuscule, Hubert veut lui offrir un destin, et peut-être tout ce dont lui-même a manqué. À la ferme, les livres sont partout, l'éducation, stricte : il faut travailler, faire ses devoirs, apprendre, progresser. Eux sont un peu perdus dans leur vie, mais nourrissent pour lui des ambitions. Depuis sa naissance, ses parents sont épatés par sa vivacité, sa mémoire, ses progrès, et troublés parfois par sa sensibilité à fleur de peau. Ils le protègent et le surprotègent, avec amour.

Souvent, dans le vide des journées, Hubert Caouissin aurait repensé à sa propre enfance, au gamin peu épanoui qu'il fut. Petit dernier d'une fratrie de quatre enfants, tous beaucoup plus âgés, cible de moqueries et de quolibets à l'école, souvent rudoyé à la maison. Pour son fils, qu'il porte sur un piédestal, il veut le meilleur. À peine Hubert a-t-il acheté la ferme qu'il lui en lègue ses parts, devant notaire. Il l'imagine adulte et à l'abri. Interdiction de trop s'en approcher : l'enfant est couvé. « La place que prend cet enfant dans le dossier judiciaire est dingue : tout tourne autour de lui », observe l'avocat Olivier Pacheu, qui défendra au procès les oncles et tantes de Pascal Troadec, constitués parties civiles. Pas question de suivre les sorties scolaires : ni piscine municipale, ni sorties de groupe, ni voyages de classe. En dehors des heures de classe, le fiston reste avec papa et maman, à la ferme. Son père lui a appris à jouer aux échecs. Et lui a assigné une mission qu'il prend très à cœur : protéger les poules des crocs du renard. Le bonhomme reste des heures durant, dehors, à tendre l'oreille, guetter le moindre pas dans les herbes folles, avec l'aide de sa chienne de garde, un berger malinois, au poil noir, au museau et oreilles pointus, appelée Heïdi, avec ce « H » signature. Hubert protège son fils, qui protège les poules, la chienne protège le fils et les poules. Hubert se méfie des Troadec, l'enfant a peur du renard, Heidi craint Hubert, et la ferme du Stang, abrite, observatrice et inquiète, ces entrelacements psychologiques sans départ ni arrivée, ce méli-mélo de vie où la détresse ne dit pas son nom et où suintent la peur et la solitude.

Si elle pouvait s'épancher, cette maison crierait le vide. « Ce n'est pas un vide intellectuel, c'est un vide social », pointe l'avocate Cécile de Oliveira, défenseur des sœurs de Brigitte Troadec. « Trois ans sans travail, pas d'amis, pas de contacts, c'est un vide exceptionnel. » Seule Renée a mis une fois les pieds dans la maison. « Je ne les ai jamais vus. Ce n'étaient pas des gens intégrés à la vie locale », témoigne Roger Mellouet, maire de la commune depuis 1995. « Les gens sont très attachés à leur village. Il y a une équipe de foot, un club de judo, de hand, de badminton », détaille-t-il, fier de son bilan et des nouveaux équipements. Pont-de-Buis-lès-Quimerch a aussi son comité d'animation : cent cinquante personnes qui préparent les fêtes, et notamment Noël avec un goûter offert à tous les habitants du village. « Tout le monde se connaît, c'est pour cela que l'on prend toujours contact avec les nouveaux arrivants. » C'est ainsi qu'à l'hiver 2015 un de ses adjoints se charge d'aller rencontrer le couple Caouissin-Troadec pour l'y convier. Arrivé à flanc de coteau au-dessus de l'Aulne, à la route qui mène chez eux, il n'y a pour signe de présence humaine qu'une boîte aux lettres. « Ils ont remonté leur boîte aux lettres sur le chemin pour qu'on ne descende pas », veut croire le maire. « Il y avait des branchages sur la seule route qui mène chez eux, pour qu'on n'y accède pas. » Alors son adjoint stationne son véhicule et descend à pied frapper à la porte. « Ils lui ont dit qu'ils ne voulaient pas s'immiscer dans la population du village. Qu'ils ne voulaient pas de visite. On a respecté », poursuit le maire, qui s'interroge : « Acheter autant d'hectares sans velléités d'entretenir, c'est étrange ! Ce n'est pas avec un balai et un râteau qu'on entretient ça ! Il faut un projet là-dessus. Les deux anciens propriétaires avaient planté des arbres, tout en étant eux aussi soucieux de leur tranquillité », explique-t-il au volant de sa voiture. Il m'emmène au point où la Douffine rejoint l'Aulne, situé pile face à ce qu'il appelle « la butte des Caouissin ».

Une immense étendue bombée, boisée et feuillue, séparée par la rivière, et que j'observe au loin, comme une presqu'île. On distingue à peine la maison et ses corps de ferme. La végétation écrase tout. Au loin, les éoliennes tournent avec grâce. « C'est ici que viennent se reposer les phragmites des joncs, ces oiseaux qui aiment les endroits marécageux et broussailleux avec des roseaux, lors de leurs migrations », précise-t-il. Mon œil est attiré par un panneau indiquant le lieu-dit où nous nous trouvons : « la pointe du couple ». Comme un présage.

« Il y a un élément important : cette dépression », explique l'un des deux avocats d'Hubert Caouissin, maître Thierry Fillion. « Est-ce l'hyperacousie qui a entraîné une dépression ? Il est entré dans une période de souffrance physique et morale et a entraîné sa famille dans ce repli. Avec l'idée d'échapper aux Troadec. Et de se cacher. Se cacher à Pont-de-Buis. » Hubert Caouissin l'a lui-même souligné, lors de sa première garde à vue : « J'ai appris à fuir les gens, toutes les situations qui généraient du stress, et à vivre dans un environnement plus calme, durant cette période. » La nature l'aide. Il tente de remettre en état la propriété, et passe du temps à tailler les ronciers, couper des arbres, ne quittant le domicile que pour les déjeuners du mercredi chez sa belle-mère Renée, les allers-retours à l'école ou les courses. Il lui arrive de faire du vélo. Les sœurs de Brigitte Troadec, elles, suspectent que le principal accusé se soit isolé délibérément. « Hubert préparait ce crime depuis plusieurs années. On se demande s'il n'avait pas acheté la ferme de Pont-de-Buis secrètement pour ça », redoute Martine, qui voudrait au procès prouver que rien n'est arrivé par hasard, quand bien même la préméditation n'a pas été retenue par les juges d'instruction.

Si elle pouvait chuchoter, cette maison expliquerait que le vide se nourrit du trop-plein. Le père de famille entasse des bouteilles d'eau vides en plastique et des pots de yaourt dans les dépendances de la ferme. « C'est un drôle d'endroit, sordide et impressionnant. Avec beaucoup de choses négligées laissées ici ou là depuis longtemps, comme abandonnées. Et on a affaire à un étrange personnage », témoigne un enquêteur dans *Le Télégramme* en mars 2017. Hubert Caouissin ne jette rien et conserve tout. Brigitte et Pascal sont loin. Loin des yeux, très loin du cœur, et pourtant, si près. Et voilà qu'ils partent en week-end ! Hubert et

Lydie l'apprennent de la bouche de Renée, qui a reçu une carte postale, ressentie comme une provocation. Le bouillonnement des capitales européennes qu'ils visitent, contre le silence assourdissant et quotidien de la ferme du Stang. L'énergie, contre le désespoir. « Alors qu'avant ils faisaient du camping », soulignera Hubert en garde à vue devant les enquêteurs, voyant là la marque de leur nouvelle fortune. Les Troadec vivent, eux se meurent. Ils voyagent, eux s'enlisent. C'est une supplique. À Pont-de-Buis, rumine-t-il sa vengeance ou camoufle-t-il sa peur ? « Ils vivent en vase clos. Ils s'enferment sur eux-mêmes. Il y a une peur complètement irrationnelle, une forme de paranoïa. Il a manqué de gens autour de lui pour dire : "Arrête tes conneries" », analyse son avocat brestois Patrick Larvor. Les contacts avec son frère Jean-Noël se sont espacés. « On a respecté leur vie », lâche sobrement ce frère éprouvé dans l'interview qu'il a accordée au *Télégramme* en février 2018. Hubert et Lydie ne sont pas dans le besoin financier : Hubert touche un salaire confortable à l'arsenal et ils n'ont pas de dettes. Mais en leur for intérieur, la tentation de se comparer aux autres agit comme un poison. Ils ont le sentiment d'être lésés, bien au-delà de quelques pièces d'or, eussent-elles existé. La nuit, Hubert fait ses comptes, regarde le cours de l'or, calcule la valeur d'un lingot. Dans sa tête comme sur sa calculatrice, les zéros s'empilent. Il repense à son défunt beau-père Pierre Troadec évoquant des années plus tôt l'hypothèse de payer l'impôt sur la fortune. « Est-ce qu'ils se sont monté un film ? Quand vous fonctionnez en vase clos, c'est tellement facile. On tourne en rond, on se monte le bourrichon », ajoute Patrick Larvor. Le couple regarde la place qu'il occupe dans la famille. « Dans les histoires d'héritage, souvent, on se bat pour une petite cuillère en argent. Mais ce qu'on regarde en réalité, c'est la main de celui qui tenait la cuillère, c'est : papa avait plus d'affection pour toi que pour moi », analyse un psychiatre renommé rencontré pour mon enquête. À Pont-de-Buis, Hubert et Lydie Caouissin vivent confinés, dans un monde qu'ils jugent hostile, drogués à cette histoire d'or. Leur bonheur s'est effiloché, mais jamais leur couple, depuis leur rencontre en 2006, n'a été aussi lié. De ses propres mots, « fusionnel ». Ils sont tout le temps ensemble, se disent tout et, en dehors de Mamie Renée, ne s'épanchent auprès de personne. Hubert Caouissin raconte que, chaque soir, avec sa compagne et son fils, ils se prennent tous les trois dans les bras. Comme suspendus entre deux mondes, entre la forêt et la rivière, l'eau et la terre, l'ombre et la lumière, le réel et leur imaginaire. Le couple bute sur une énigme : où est passé l'or ?

Chaque souvenir, chaque anecdote est soupesée, ressassée, interprétée, dans un magma de vrai et de faux. Les voilà qui repensent à Sébastien et Charlotte, et à ce jour où ils avaient paru beaucoup plus proches de leur père Pascal qu'à l'accoutumée ! Était-ce parce qu'il avait tout à coup empoché de l'argent ? La bobine défile. Puis ils revoient Charlotte, une autre fois, qui aurait crié devant eux : « On est riches, on est riches ! » « Dans la psychologie de ce couple qui fonctionne en autarcie, un certain nombre d'éléments alimentent leur paranoïa. Ils s'autopersuadent que les

Troadec étaient dans un train de vie, avec des voyages et des bagnoles. Un truc anodin devient un énorme truc pour eux. Ils sont toujours dans l'interprétation », décrypte l'avocat Patrick Larvor. Hubert Caouissin entre dans une « forme particulière de paranoïa délirante », selon l'avis d'un des psychiatres qui l'a rencontré. Avant la nuit du 16 au 17 février 2017, il aurait d'ailleurs pu « faire l'objet d'une hospitalisation », selon l'enquête. Lui et sa compagne vivaient presque comme des zombies, avec entre eux un petit garçon énergique qui les raccroche à la vraie vie. Il faut imaginer la mine des enquêteurs, après avoir confié à des spécialistes les ordinateurs du couple. Ceux-ci ont passé au peigne fin plusieurs disques durs stockant toutes leurs activités numériques, et leurs historiques de navigation Internet, jusqu'à des années en arrière. Google a ainsi déroulé la liste de toutes les recherches faites sur le Web. Sont apparues des recherches sur la famille Troadec ou les cours de l'or. Mais aussi « tueur à gages », « puissance 22 long rifle », « arbalète de poing ». Des mots clés tapés en 2014, sur lesquels Hubert Caouissin a dû s'expliquer devant les juges d'instruction. « J'avais peur qu'eux nous tuent ou nous fassent tuer par un tueur à gages. Pour l'arbalète, c'était un moyen de me défendre mais je n'avais pas acheté le matériel. » « Que recherchiez-vous dès lors sur Internet ? » l'a interrogé la juge Aude Le Quinquis. « Je voulais savoir si c'était facile ou pas de commanditer un assassinat », lui a-t-il répondu lors de son audition le 3 avril 2018. « Je craignais que ma belle-sœur et mon beau-frère nous fassent assassiner », avait-il précédemment expliqué devant les enquêteurs chargés de dessiner sa personnalité en novembre 2017.

Si cette maison pouvait parler, elle suggérerait que, sur l'horloge de la cuisine, un compte à rebours a commencé. Avant que les Troadec ne soient tués par accident comme il le soutient, ou avec une détermination ancrée comme l'accusent les parties civiles, ce qu'il conteste, il était un espion. Petit à petit, Hubert Caouissin s'équipe. Un appareil photo numérique. Un stéthoscope, dont il a inlassablement expliqué aux enquêteurs qu'il n'avait pas d'autre but que d'écouter le cœur de son fils, sujet à la tachycardie. Plus tard viendra la commande de deux talkies-walkies, qu'il justifiera par le besoin de rester en contact avec sa compagne dans l'immensité de leur propriété. Et, en cette fin d'année 2016, barricadé dans cette forêt bientôt transformée en champ de bataille, il a le diable au corps.

11.

Rendez-vous manqué

J'aurais tant aimé le rencontrer longuement. Qu'il me raconte la vie de son petit frère Hubert. Leur enfance finistérienne, leurs parties de kart, leurs parcours professionnels à l'arsenal de Brest. Qu'il évoque le début des années 2000, quand Hubert, célibataire, l'emmenait au restaurant ou lui apprenait à jouer au tennis. Mais mes demandes répétées auprès de Jean-Noël Caouissin, pendant près de quatre ans, pour qu'il m'accorde un entretien, n'ont pas abouti. Les avocats dressaient de ce père de deux enfants de cinquante-trois ans le portrait d'un homme bienveillant, droit, discret, abattu par cette affaire qu'il a prise en pleine tête. « C'est le seul de la famille Caouissin à nous avoir tout de suite écrit un mot de condoléances », m'avaient confié les sœurs de Brigitte Troadec. Jean-Noël Caouissin n'a accordé qu'une seule interview, dans les colonnes du *Télégramme*, à la date du premier anniversaire de l'affaire.

Deux mois plus tôt, un lundi de décembre 2017, j'ai décidé de m'approcher de chez lui. Frapper à sa porte, peut-être, et, si je n'en trouvais pas le courage, glisser un mot manuscrit dans sa boîte aux lettres. Son adresse figurait dans l'annuaire : encore un lieu-dit, en langue bretonne, dont on pense au premier coup d'œil qu'il n'existe pas en vrai. Mais le GPS l'a trouvé. J'ai suivi les indications, tourné longtemps, auscultant les carrefours, descendant les chemins escarpés, avec cette sensation agaçante de m'approcher de la destination, sans l'atteindre. Je ne l'ai jamais trouvée. Le signe qu'il ne fallait pas y aller, ai-je songé. Alors j'ai bifurqué en direction d'un petit archipel de la côte bretonne, Lilia, pour aller voir la mer, avant de reprendre la route vers Brest. Le GPS, de nouveau, a tracé la direction, me faisant emprunter des chemins de campagne. Je me sentais perdu, sur ces routes comme dans cette nébuleuse histoire Troadec qui m'obsédait. Comment un homme seul aurait-il pu, en pleine nuit, manifestement sans arme à feu, tuer quatre adultes ? Pourquoi personne aux alentours n'avait semble-t-il rien entendu ? Pourquoi Sébastien n'avait-il pas sauté par sa fenêtre du rez-de-chaussée pour donner l'alerte ?

Pas à pas pourtant, mon enquête se dessinait, des portes s'ouvraient, des sources me recontactaient, mais j'avais l'impression de chercher dans le vide des réponses impossibles au massacre. Au volant, je gambergeais. Un petit panneau à l'ancienne, planté dans un fossé, indiquait une direction. J'ai reconnu les lettres du lieu-dit où habitait Jean-Noël Caouissin. Comme si cette route que je n'avais pas été capable de trouver une heure plus tôt venait à moi. Clignotant, virage, dédales de chemins, espoir. Une camionnette stationne sur le bas-côté d'un champ, je m'arrête. « Savez-vous où se trouve la maison de Jean-Noël Caouissin ? » L'homme à bord me la montre du doigt et me précise la couleur et le modèle de sa voiture. La lettre à l'encre bleue que je lui ai préparée, au stylo-plume, attend sur mon siège passager. Je lorgne en arrivant la boîte aux lettres, mais davantage le véhicule au milieu de la cour, signe qu'il est probablement chez lui. J'hésite. Ma conscience me bouscule. Je frappe à la porte, enveloppe à la main.

À la seconde où Jean-Noël Caouissin m'ouvre, sans jamais l'avoir vu, je le reconnais, tant il ressemble à son frère Hubert. Que je n'ai jamais vu non plus autrement qu'en photo. Je perçois dans son regard surpris face à un inconnu qu'il a compris. Un journaliste, un de plus, à débarquer comme ça. Je m'en excuse. « Je viens vous remettre un mot et vous informer de vive voix de mon projet de livre », lui dis-je en tendant ma lettre, qu'il refuse net. « Et vous n'avez pas honte de ce que vous faites là ? » me lance-t-il, d'une voix calme et ferme. « Vous ne vous rendez pas compte de ce que représente cette affaire-là pour nous ? Ça ne vous dérange pas d'écrire un livre sur le malheur des gens ? Commencez par vous interroger sur votre propre morale. » Je tente d'expliquer, mais il a déjà gagné. Mon travail au long cours, sur plusieurs années, ma volonté de donner la parole à tous, le refus du sensationnalisme. « Mais alors pourquoi venez-vous pour cette affaire ? Parce qu'elle est sensationnelle ! » Je n'ai oublié aucun de ses mots mitraillette. J'avais honte, et il avait probablement raison. « Venez-vous de la part de mon frère ? » embraye-t-il. Je lui précise avoir sollicité ses avocats, mais que, comme il est placé en détention, il est difficile de communiquer directement avec le principal concerné. « Si vous passez par lui et qu'il est d'accord, je le serai. » J'opine. Malgré plusieurs lueurs d'espoir, j'apprendrai un an et demi plus tard par son conseil qu'Hubert Caouissin n'a pas émis de commentaire particulier sur mon projet, mais qu'il ne souhaite finalement ni que je lui écrive en prison, ni que je rencontre sa famille. « Pourquoi faites-vous ce travail ? » reprend Jean-Noël Caouissin. Je détaille. Il proteste. « Mais à qui avez-vous envie de raconter cela ? Pourquoi ce besoin ? Les choses qui vous touchent, vous ne les gardez pas pour vous ? Quelle éducation vous ont donnée vos parents ? »

Débit rapide, colère froide, ce jour-là, je prends pour tout le monde. Jean-Noël Caouissin est « tombé des nues », selon ses propres mots, quand son frère a fait irruption dans l'actualité. Il a raconté avoir entendu, en voiture, à la radio, les détails d'un crime qu'il qualifiera de « surréaliste ». « Je n'y ai pas cru. Il a fallu qu'on l'entende de la bouche d'Hubert, à notre première rencontre, deux ou trois mois plus tard », précisera-t-il au *Télégramme*… L'emménagement de son frère et de Lydie Troadec à Pont-de-Buis ? Comme tous, il l'ignorait. La déscolarisation de leur petit garçon ? Aussi. Le conflit avec les Troadec ? Il ne connaissait ni leur existence, ni leur nom. Enfin, il ne savait rien du « prétendu trésor », comme il l'appellera dans cet entretien au grand quotidien breton. « Mon frère n'était pas du genre à parler de ses problèmes », tranchera-t-il, dépeignant un homme « actif, souriant, agréable ». Sur le pas de la porte, j'insiste sur ma bonne foi. « Ah oui, vous allez ramener la justice auprès de tout le monde ? Vous êtes le chevalier blanc ? » Je me sentais plus minable que chevalier. « Je ne suis pas contre les livres. Mais si vous voulez raconter cette histoire avec un grand H, il faut du recul et de la réflexion. Vous ne les avez pas. Commencez par le bon sens. » « Comment va votre frère ? » ai-je balbutié. Celui qu'Hubert et Lydie surnommaient « Jean-No » lève ses yeux bleus emplis de détresse au ciel. « Je vais le voir en prison, et on ne parle jamais de l'affaire. La vérité, on la connaîtra au procès, grâce au travail de la justice. Mon frère, je le connais… » Soupir. Sa phrase reste en l'air. « Ce n'est pas un tueur, c'est ça ? » ai-je repris. « Bien sûr que non. Et pour moi, c'est un drame. »

Quelques mots sur le pas de la porte, moins de dix minutes d'échange, il rejette une nouvelle fois la lettre que je lui tends, et accepte de me serrer la main. J'abrège mon séjour et monte le soir même à bord du dernier TGV vers Paris. Le téléphone sonne. Patrick Larvor, l'avocat brestois d'Hubert Caouissin. « C'est bon pour demain, je me suis arrangé, finalement, je pourrai vous voir. » Le rendez-vous que j'attendais. Je n'avais plus envie de revenir. Le mois qui a suivi ce face-à-face, j'ai tout abandonné.

12.

Recherches contre mensonges

Déjà six jours que les Troadec ont disparu. Au palais de justice de Nantes, le procureur Sennès affiche une mine inquiète, et le répète : « Il y a une hypothèse incontestable de violences. » D'autant que la Peugeot 308 grise de Sébastien est introuvable. Perplexes, les enquêteurs se confrontent à une équation à plusieurs inconnues, et ne peuvent qu'esquisser des pistes. « On a une mission. Rechercher des indices, des preuves, retrouver un ou plusieurs auteurs. C'est un enjeu collectif », se souvient Pierre Sennès. Le parquet vient d'ouvrir une enquête pour « enlèvement et séquestration suivis de meurtre ». Des mots qu'il faut prononcer devant celles qui ont donné l'alerte la veille, Martine et Hélène, les deux sœurs de Brigitte, convoquées au commissariat de Brest. Les enquêteurs décident de les entendre séparément.

Ce vendredi 24 février, Martine, professeur dans un lycée professionnel près de Landerneau, ne fait pas face à ses élèves. La voilà assise dans un petit bureau, à l'antenne de la police judiciaire de Brest. Pour la troisième fois en vingt-quatre heures, cette femme de cinquante-deux ans aux cheveux blonds bouclés reprend le fil de l'histoire. Elle est proche de Brigitte. « Nous avons été élevées comme des jumelles. Petites, notre mère Denise nous habillait exactement de la même façon », me confie-t-elle. Avec des mots pesés et empreints d'inquiétude, cette pédagogue, au naturel très souriant, repasse le film des semaines écoulées. Leur dernier moment tous ensemble, voilà six semaines, pour les vacances de Noël. C'était joyeux. Brigitte cachait-elle des problèmes conjugaux ? Pas selon elle, qui décrit une épouse énergique, dévouée à sa famille. Des problèmes d'argent ? Non plus. À voix haute, face au capitaine de police, elle esquisse le seul scénario qui, à ses yeux, tienne la route. Il porte un prénom et un nom, qu'elle cherche dans sa mémoire : Hubert Caouissin. « Le coup de fil de Brigitte des années plus tôt, me racontant que son beau-frère avait débarqué à leur domicile pour une histoire d'or, m'est revenu comme un boomerang. J'ai senti physiquement un flux s'emparer de moi, ça a été glacial. Hubert Caouissin, c'était la piste évidente à creuser », se remémore-t-elle. Le capitaine tend attentivement l'oreille à ce qui pourrait être une pièce d'un puzzle dont personne n'a encore les pièces. Martine insiste : pour elle, c'est la seule hypothèse valable. Elle ne connaît ni ennemis ni inimitié déclarés à sa famille, si ce n'est cet homme, dont elle n'a plus entendu parler depuis des lustres. Mais elle est formelle, ce beau-frère qui semblait en vouloir au couple Troadec avait en tout cas créé un « contentieux » avec eux, au sujet d'un héritage « d'or ». Les deux mots clés intègrent l'équation. Voilà près de deux heures qu'ils conversent. « De l'or ».

Au même moment, dans un bureau voisin, Hélène, la benjamine de la famille, cheveux courts, se livre elle aussi, de sa voix très douce. C'est chez elle qu'a eu lieu le dernier réveillon de Noël avec toute la famille un mois et demi plus tôt. Elle n'a pas revu Brigitte et Pascal depuis, mais a régulièrement échangé avec sa sœur au téléphone et par SMS, jusqu'au jeudi 16 février dans l'après-midi. Devant le brigadier chef, la jeune femme est claire : ce jour-là, Brigitte était chez elle, à Orvault, profitait de sa semaine de congés à la maison et aidait sa fille Charlotte à trouver un stage. Elle n'envisageait pas de séjour à Landerneau pour les vacances d'hiver. La voix chargée d'émotion, Hélène insiste : « C'est incompréhensible de ne pouvoir les joindre, ni les enfants, qui ont toujours le téléphone à la main. » Autre chose la taraude elle aussi : elle raconte que, par le passé, le beau-frère de Pascal a accusé Brigitte et Pascal d'avoir volé de l'or. Voilà ce que lui inspire cette disparition soudaine. « J'ai eu tout de suite l'intuition qu'il s'était passé quelque chose », insiste-t-elle lors de notre troisième rencontre, en février 2020. Selon elle, le couple Troadec, il y a plusieurs années, a été la cible d'appels téléphoniques et de menaces. Hélène n'a jamais oublié la stupéfaction de Brigitte, au téléphone, trois ans plus tôt. « Elle m'a appelée à 21 heures, ce qui n'était pas dans ses habitudes, pour me dire : “Hubert

Caouissin est venu à la maison !" Elle était choquée », raconte-t-elle.

Face aux enquêteurs songeurs, Hélène brosse le portrait de ce beau-frère singulier, qu'elle-même n'a rencontré qu'une seule fois, à la soirée des quarante ans de Brigitte, neuf ans auparavant. Cette comptable dans une PME près de Landerneau leur dépeint un homme qu'elle sait avare, comptant chaque centime, aux habitudes parfois déroutantes. Elle est formelle : sa sœur Brigitte le fréquentait peu et le jugeait « bizarre ». Après deux heures d'audition, les enquêteurs établissent une fiche de signalement avec les quatre portraits des disparus, pour diffusion dans tous les commissariats de France. Avec, à l'encontre de Sébastien, dont la voiture volatilisée pourrait laisser penser qu'il est toujours dans la nature, un ordre spécifique : en cas de contact avec lui, l'arrêter et le placer en garde à vue.

Comme un bol d'oxygène. Ce même vendredi 24 février 2017, Hubert Caouissin coupe ses ronciers, à la ferme du Stang. Il se sent fatigué, physiquement, nerveusement, et doit, le lundi suivant, reprendre le travail. Il coupe, cisèle, ramasse les branches au sol.

En ce jour brumeux, à une quarantaine de kilomètres de là, eux aussi s'affairent, recoupent les témoignages, passent des coups de fil, se plongent dans les fichiers, cherchent une adresse, un numéro de téléphone. Après le départ de Martine et Hélène du commissariat de Brest, les policiers ne perdent pas une minute. Ils ont prévenu leur patron Jean-René Personnic de ce qu'ils ont appris le matin même : l'existence d'un conflit familial. Le commissaire ordonne de partir à la recherche de ce beau-frère, qui de toute évidence pourrait faire avancer l'enquête. « C'est un réflexe évident de se tourner vers la famille », commentera le procureur de la République un peu plus tard. Au laboratoire de Nantes, les experts analysent les premiers prélèvements sanguins effectués dans la maison. Tout près, au commissariat de police, les enquêteurs épluchent les relevés téléphoniques des appels sortants et entrants de la famille. Ils sollicitent les grands opérateurs, recherchent d'où et quand les derniers appels ont été passés. Et mettent le nez dans les comptes en banque de la famille, appellent les agences bancaires pour lister les derniers mouvements sur les comptes. Moins de vingt-quatre heures après la première visite du domicile de la famille, le procureur de la République et la direction de la police judiciaire, offensifs, fixent la ligne : utiliser chaque indice, solliciter les meilleurs experts. « Aucune piste ne doit être négligée », répète-t-on dans les couloirs du commissariat de Nantes. « On est tous sur le pont. Vingt-quatre heures sur vingt-quatre. La direction de la PJ de Nantes, très étoffée, met les moyens. Il y a une très forte mobilisation. Des renforts arrivent de Rennes. Le directeur régional Gilles Soullié envoie des équipes en complément », se souvient Pierre Sennès, qui dirige l'enquête en temps réel. Depuis son bureau, il fixe la Loire, mais son esprit lorgne vers la pointe Finistère, avec ce pressentiment que la Bretagne pourrait livrer un début de solution à l'équation.

La mauvaise intuition convoque la mémoire, et toutes ces histoires criminelles qui ont mis la famille sur le banc des accusés. Les affaires Grégory Villemin, Jean-Claude Romand, Xavier Dupont de Ligonnès, Jonathann Daval… Les noms Troadec et Caouissin prolongeront-ils bientôt la liste ? D'après les premières recherches sur son nom, celui qu'on surnomme d'emblée « le beau-frère » dans les couloirs du commissariat de Nantes est un parfait inconnu. Casier judiciaire vierge. Pas même une entorse au code de la route. Au commissariat de Brest, des hommes prennent la route pour Plouguerneau, son domicile officiel, se garent sur le trottoir, devant la maison cernée par les herbes galopantes, scrutent le nom apposé sur la boîte aux lettres mais trouvent porte close. Alors ils sonnent chez les voisins. L'un d'eux montre du doigt le bout de la rue, en direction de chez Marie-Françoise Caouissin, sa mère, qui vit tout près. Quelques minutes plus tard, ils sonnent à sa porte. Étonnée, celle-ci n'est pas en mesure de les mettre directement en contact avec son fils, il n'a pas de téléphone portable. Les policiers récupèrent le numéro de Lydie Troadec, mais la jeune femme est sur messagerie. Ils atterrissent alors à Guipavas, au domicile de Renée Troadec, la mère de Lydie et belle-mère d'Hubert, qui à son tour, échoue sur le répondeur de sa fille. Lydie est dehors avec Hubert, ils taillent les ronciers. Un premier secret vole en éclats : le couple vit à Pont-de-Buis.

Un immense puzzle. Voilà à quoi ressemble l'« affaire Troadec ». La stratégie policière est claire : se multiplier. Depuis l'heure du déjeuner, les policiers d'Angers sont à Fontenay-le-Comte, là où Hélène et Martine ont précisé que leur nièce Charlotte étudiait. Sur place, ils passent au peigne fin la vie de la jeune fille, circonscrite à un périmètre assez étroit. Personne ne l'a aperçue depuis le début des vacances.

Même moment, autre équipe, autre ville. À Saint-Laurent-sur-Sèvre, en Vendée, les officiers de police tentent de remonter la trace de Sébastien Troadec, et parviennent en quelques heures à retrouver plusieurs de ses camarades de classe et le propriétaire de son logement d'étudiant. Rien d'incongru ni de suspect ne se dessine. Comme à Orvault, où les officiers auditionnent les voisins sans recueillir d'indice percutant. De ce vendredi passé à ratisser la Loire-Atlantique et la Vendée, seul le Finistère n'a pas parlé. Le soir est tombé. Les sécateurs sont rangés. Lydie Troadec consulte sa messagerie et entend une voix venue du commissariat de Brest, ordonnant au couple de la recontacter. Puis les messages des deux belles-mères, Marie-Françoise Caouissin et Renée Troadec, surprises de s'être trouvées nez à nez avec des policiers. Affolée, Lydie prévient son compagnon. Ils déposent leur petit garçon chez Renée, à une demi-heure en voiture de la ferme, et prennent la direction du commissariat, avant un premier instant de vérité.

Voilà donc le fameux « beau-frère ». Et c'est un livre ouvert. Les enquêteurs de la police judiciaire de l'antenne de Brest s'étonnent : il est bavard. Très bavard. Ils veulent tout savoir de cet homme ? Ils seront servis. Assis devant eux, Hubert Caouissin se raconte en détail, ne dissimule rien de sa personne, de ses épreuves, de ses tourments. De lui, il dit tout, avec une fluidité désarmante. Un proche de l'enquête résume : « Il s'est déshabillé de lui-même. » Il évoque son fils de huit ans, qui ne fréquente plus l'école, auquel lui et sa compagne préfèrent faire la classe eux-mêmes. Son travail difficile, les années d'arrêt pour raisons de santé. Il balaie son agenda des dernières semaines aussi minutieusement qu'il taillait les ronciers quelques heures plus tôt. L'homme de quarante-six ans est en vacances depuis le 10 février, raconte avoir fait de petits travaux à la maison, déjeuné chez sa belle-mère Renée, et profité de moments en famille. Les disparus d'Orvault ? Il n'occulte rien de leurs mauvaises relations et raconte en détail sa brouille avec eux, dates, jours, heures à l'appui. Le voilà qui vide son sac si longtemps porté, narrant, un à un, leurs moments de conflit, ces repas de famille ratés, mais surtout cet or qu'ils auraient subtilisé après la mort de Pierre Troadec. Dans la pièce d'à côté, sa compagne Lydie Troadec confirme l'existence du conflit familial. La mère de famille se serait volontiers passée de cette garde à vue que, secrètement, peut-être, elle redoutait. Hubert Caouissin dépeint Pascal et Brigitte Troadec comme des voleurs et des menteurs mus par l'appât du gain, liste ce qui lui est apparu comme des changements de train de vie. Le récit minutieux, trois heures durant, à cette heure avancée de la soirée, vire à la confidence nocturne. Mais l'essentiel manque : où est la famille ? Comment explique-t-il leur disparition ? Il se range du côté des hommes de la PJ : il n'en sait pas plus qu'eux. Et enfonce le clou : « Alors là... Ils sont pas partis ? Je me suis toujours dit qu'à leur place j'aurais fait ma vie ailleurs, loin des problèmes. »

Placé en garde à vue, il passera la nuit en cellule, avant que les policiers ne le conduisent, le lendemain, à Plouguerneau, pour assister à la perquisition de son domicile. La maison, à l'abandon, frôle l'insalubrité. Ils fouillent, pièce par pièce, à la recherche d'un indice qui pourrait les aider. Peine perdue. Rien ne permet d'attester que l'homme a pu jouer un rôle dans la disparition de la famille. Ni arme, ni tache de sang, ni élément suspect. Ils inspectent sa voiture, pulvérisent les sièges au Bluestar pour faire apparaître d'éventuelles traces de sang effacées. En vain, de nouveau. Ni trace, ni indice. Mais son flot de paroles a semé le doute. Pourrait-il être cet imprudent qui a laissé des traces de sang sommairement nettoyées à Orvault ? Il le leur répète : non, il ne porte pas les Troadec dans son cœur, non, il n'a rien à voir avec leur disparition. Et certifie d'ailleurs qu'il n'a plus de relations avec eux depuis deux ans. « Il n'a pas mouftê. Il n'a pas craqué. Merci. Au revoir », résumera ironiquement *Ouest France* plusieurs semaines après. Les policiers prélèvent ses empreintes. Sans indice à leur encontre, Hubert Caouissin et sa compagne quittent le commissariat de Brest. Lydie a livré une version identique et clamé son innocence. « Le match est plié et ils arrivent à tenir, ils ne s'effondrent pas. Être entendu par la police judiciaire et en ressortir comme ça, c'est hallucinant. Il y a un ressort vraiment fascinant », commente un journaliste nantais qui a couvert l'affaire. Hubert Caouissin pressent-il le duel qui vient de s'engager ? Les hommes de la PJ ont mis au point un plan. Ne plus le lâcher d'une semelle. Surveiller ses allées et venues. Placer un mouchard sous son véhicule pour le localiser en temps réel. Planquer dans les hauts talus qui bordent la ferme du Stang. Placer ses proches sur écoutes téléphoniques. Celui qui a observé en secret la famille Troadec se retrouve à son tour encerclé.

Le lendemain, si personne ne sait que le couple sort de près de quarante-huit heures de garde à vue, excepté « Mamie Renée », de moins en moins de Français ignorent la disparition d'une famille qui surgit pour la première fois dans les titres du journal télévisé. 20 h 02, le présentateur de France 2 Laurent Delahousse aligne les mots « mystère », « disparition » et « traces de sang ». Le nom « Troadec » n'est pas prononcé, mais les visages de Pascal et Charlotte s'affichent à l'écran. Pendant deux minutes, plus de cinq millions de téléspectateurs découvrent le rébus. « Que s'est-il passé dans cette maison d'Orvault près de Nantes ? » interroge la journaliste Sophie Rodier en ouverture de son reportage. « Aucun signe de vie depuis le 17 février, pas de communication téléphonique, plus rien sur les réseaux sociaux. » Les voisins expriment « leur surprise », « des gens sans problème », « on ne les voyait pas souvent, on parlait avec la dame quand elle était dans son jardin ». La journaliste évoque les traces de sang découvertes au domicile, qui, comme l'indiquait le communiqué de presse du procureur Sennès diffusé quelques heures auparavant, « laisse supposer une scène de violence ». Pas un mot de la garde à vue d'Hubert Caouissin et Lydie Troadec qui vient de s'achever : le secret tiendra plusieurs jours, et facilitera la tâche des enquêteurs.

Après une dizaine de jours de vacances soldés par un week-end de garde à vue, lundi 27 février, Hubert Caouissin franchit les portes du bâtiment B01 : il reprend le travail. Depuis sa reprise cinq mois plus tôt, après trois ans d'arrêt, il est en mi-temps thérapeutique, ne travaille que le matin, et dispose des mercredis pour s'occuper de son fils. Il commande les pièces et gère les stocks de marchandises. La direction lui a proposé ce poste en renfort de l'équipe, le temps de reprendre pied dans l'entreprise et de retrouver la forme. Ce matin-là, il est agité, se lève incessamment, marche vers la fenêtre, soupire, dans un va-et-vient permanent. « Il n'était pas dans son état normal, c'était le mec perdu », raconte un proche de l'enquête. Hubert Caouissin sait-il que le parquet vient de diffuser un communiqué de presse pour annoncer l'ouverture d'une information judiciaire contre *x* des chefs d'homicides volontaires, enlèvements et séquestration ? « Nous ne savons pas si nous avons affaire à un drame familial ou à l'intervention d'une ou plusieurs personnes étrangères à la famille », y écrit le procureur. « En l'état des investigations, il est prématuré de désigner nominativement des personnes qui pourraient être considérées comme suspectes », précise-t-il à l'intention des journalistes. La précaution ne peut viser que Sébastien : les journalistes ignorent non seulement qu'Hubert Caouissin a été entendu lors d'une garde à vue, mais son existence même. Et voilà que soudainement celui-ci s'immisce dans une conversation entre collègues, lorsque l'une se plaint de douleurs au dos. Lui, dont ses camarades de bureau savent si peu, se met en tête de lui expliquer les raisons de son mal et se livre à une description détaillée de l'anatomie humaine. Il sort un crayon, un papier, dessine la colonne vertébrale, l'emplacement précis des vertèbres, disques, muscles, nerfs, et termes médicaux à l'appui. « Ses collègues ont été extrêmement surpris de voir son niveau de connaissance du corps humain », observe l'avocat Olivier Pacheu, qui défend les tantes de Pascal Troadec. À un collègue qui s'étonnerait de son comportement, Hubert Caouissin opine : non, il ne va pas bien. À une autre qui lui aurait demandé si ses vacances s'étaient bien passées, sa réponse fuse : « Non, il m'est arrivé un truc de fou, mais je ne peux pas en parler. »

Les médias quant à eux hissent « les disparus d'Orvault » en ouverture de journaux télévisés, en premier titre, avant la bataille de Mossoul en Irak. C'est le temps des premières infographies. Un escalier reconstitué apparaît à l'écran, avec des traces de sang, le téléphone portable maculé de sang dans la chambre de Sébastien. Les premiers résultats d'analyses confirment que le sang de Pascal et Brigitte a coulé en grande quantité dans les escaliers et devant le garage, ce qui laisse difficilement présager qu'ils puissent être en vie. Aucune trace du sang de Charlotte en revanche n'est identifiée. La jeune fille de dix-huit ans est-elle toujours vivante, séquestrée quelque part ? Le procureur de la République Sennès a saisi deux juges d'instruction pour diriger l'enquête. « Je cesse lorsque le dossier est confié à un juge d'instruction. Ce sont les articles 12 et 14 du Code de procédure pénale : lorsqu'une information judiciaire est ouverte, c'est le juge d'instruction qui devient le patron de la police judiciaire », rappelle-t-il. Aude Le Quinquis et Stéphane Lorentz, deux juges d'instruction réputés du tribunal de grande instance de Nantes, prennent la direction des opérations. Ils délivrent une commission rogatoire nationale et confortent l'antenne de la police judiciaire de Nantes dans sa mission de faire avancer les recherches. Deux pistes se dégagent : l'hypothèse d'un conflit intrafamilial, centré autour de Sébastien, dont le véhicule, activement recherché dans toute la France, n'a toujours pas été retrouvé. Ou un règlement de comptes avec ce beau-frère, Hubert Caouissin. Dans ces heures fatidiques, la science sera une alliée de poids. Seul un travail d'orfèvre au domicile de la famille, par des professionnels de haut rang, pourrait permettre d'avancer.

C'est ainsi que, le 1er mars, les experts de la police technique et scientifique sont de retour à Orvault pour « une opération minutieuse et très approfondie », d'après les mots du procureur de la République. Ceux qu'on surnomme les « hommes d'Écully », pontes de la sous-direction de la police technique et scientifique, près de Lyon, investissent le pavillon. Les mêmes qui se déplacent pour les grandes affaires criminelles, attentats terroristes, crashs aériens, ou même l'accident du tunnel du Mont-Blanc en 1999. Pour comprendre comment travaillent ces traqueurs d'hémoglobine et Sherlock Holmes de l'ADN, au rôle capital dans cette affaire Troadec, j'ai rencontré un expert, qui a souhaité rester anonyme. « Quand on intervient dans une maison et qu'on y passe du temps, on est capable de la désosser pierre par pierre, dans sa totalité. Notre travail se rapproche de l'archéologie, sauf que nous ne creusons pas les sols », prévient-il.

Un à un, ils s'équipent, dans ce camion baptisé « minilab » : un laboratoire sur roues, dans lequel ces femmes et ces hommes se muent en personnages de science-fiction. Ils enfilent des surchaussures bleu et blanc et une combinaison blanche, « de bas en haut, comme un peintre », pour « se protéger de la scène de crime et protéger la scène de crime », me précise-t-il. Les équipes fonctionnent en binôme. J'apprends ainsi que le premier se voit affublé du rôle de « mains sales », son partenaire celui de « mains propres ». L'un photographie tout, pour « fixer les lieux », l'autre se charge des prélèvements, avec ces cotons-tiges stériles qu'on appelle écouvillons. « On porte une charlotte sur la tête, un masque, des lunettes de protection à verres blancs, et des gants bleus en nitrile, fins et élastiques, plus résistants que ceux en latex, ce sont les mêmes que ceux utilisés à l'hôpital. Et on met deux paires de gants l'une sur l'autre, car on change de gants après chaque prélèvement », détaille l'expert. « Sur une scène de crime vaste, il faut être patient et méticuleux. » Ce trentenaire ne semble plus effrayé de côtoyer la mort. Il sait qu'il aura chaud, sous sa combinaison, et les mains moites. Que parfois, il saura reconnaître rien qu'à l'odeur le type de munition utilisé quand la mort a été donnée par arme à feu. Et qu'un corps qui a perdu la vie, aux muscles rigidifiés, a le poids d'un « âne mort ». Je l'écoute attentivement poursuivre son récit. Dans chaque pièce, un binôme d'experts avance centimètre par centimètre. « Le but du jeu, c'est que quelqu'un qui n'a jamais mis les pieds dans la maison puisse reconstituer l'intégralité de la scène. On procède par secteurs, et à la fin, on fait la synthèse. On adore démonter les lattes de parquet, car personne n'y nettoie jamais, ou scruter les joints de garage, parce que ça absorbe. », souligne-t-il. La méthode est rodée : fixer chaque pièce des yeux, ses portes, ses fenêtres, la photographier sous tous les angles. « Il faut être plusieurs pour avoir plus de paires d'yeux. Regarder ce qui est pertinent et le noter avec un cavalier jaune numéroté. Puis reprendre des photos. Ça permet de situer les objets les uns par rapport aux autres. On fait des plans larges de la pièce, puis des zooms, avec les objets en gros plan. On utilise une règle millimétrée pour définir une échelle. » L'adrénaline est le meilleur moteur. « On avance, on progresse. On peut se mettre huit cents fois à genoux ou accroupis, parce qu'on cherche ! » commente-t-il. Dans la pénombre, grâce au Bluestar, le sang devient bleu luminescent. Ce professionnel détaille : « C'est comme pour repérer une luciole dans la nuit. Cette luminescence bleutée, on a l'habitude de la rechercher et de la voir. »

Chez les Troadec, le bleu luminescent transparaît de pièces en pièces, du sol au plafond. Il y en a sur les murs, sur la rambarde des escaliers, dans la salle de bains, le garage, le hall d'entrée, les chambres des enfants. Petit à petit, la maison des disparus livre ses secrets mais garde la clé du mystère. Un expert en morpho-analyse devra déterminer le déroulé précis des faits grâce à son analyse des projections de sang. La position des victimes, leurs déplacements, les endroits précis où elles ont reçu des coups et se sont vidées de leur sang. Avec des appareils photo de pointe et des logiciels de prise de vue à 360 degrés, les policiers reconstituent en images sur ordinateur l'ensemble de la scène de crime. Et c'est une véritable cargaison qui part pour le laboratoire d'analyse. Ils réalisent près de mille prélèvements dans la maison, les emballent un par un, apposent sur chaque enveloppe un code-barres autocollant permettant d'en assurer la traçabilité, auquel s'ajoute un système de numérotation. Dans la cuisine, entre un cake sucré et de la vaisselle sale sur le plan de travail, deux experts saisissent un verre abandonné dans l'évier et le placent dans une enveloppe kraft, en prenant soin de la légender. Ce scellé porte un nom : le numéro 36.

À l'arsenal, les jours se suivent et se ressemblent péniblement pour Hubert Caouissin. Assis devant son ordinateur, il mène des recherches sur Internet, dont les enquêteurs découvriront plus tard qu'elles concernent l'affaire. « Le visage marqué par une blessure, il a alors prétexté avoir été touché par un énigmatique "retour de cheminée" », précisera *Ouest France*. Visage tuméfié, nez brûlé, il s'est rasé la tête et les sourcils. Il lit les articles du *Télégramme* ou de *Ouest France*, qui consacrent plusieurs pages aux recherches. Pascal, Brigitte, Sébastien et Charlotte ne le lâchent plus : leurs visages font la une des journaux. Dans l'atmosphère feutrée des bureaux, le feuilleton de la disparition tient en haleine. Le 1er mars, une nouvelle information relance les conversations. À une trentaine de kilomètres, alors que la pluie commence à tomber, une femme fait son jogging, sur une petite route en bordure de forêt, à Dirinon, là où Pascal et Brigitte, vingt-quatre ans plus tôt, célébraient leur mariage, au Relais du Roual. Sur le bas-côté, un pantalon gît au sol. Elle s'approche, le ramasse, reprend sa foulée. Puis s'arrête quelques mètres plus loin, quand de la poche tombe un petit étui, rempli de cartes, toutes gravées au nom de Charlotte Troadec. Le visage de la jeune fille photographiée sur sa carte Vitale ou sa carte d'étudiante correspond à celui diffusé dans les journaux et à la télévision. La sportive prévient la gendarmerie, qui dresse aussitôt un périmètre de sécurité autour du bois, coupe la circulation. Bientôt, un hélicoptère survolera la zone. L'information reprise dans toute la presse fait l'effet d'une bombe : la découverte a lieu dans le Finistère, la région d'origine de Pascal et Brigitte. Les deux sœurs de Brigitte reprennent espoir : et si Charlotte était tout près, en vie ? Des renforts policiers arrivent de Brest, Nantes, Rennes. Ils ratissent la zone sur dix kilomètres carrés, épaulés par les élèves gendarmes en formation à l'école de Châteaulin. Des plongeurs du groupe subaquatique de Quiberon sondent l'étang du Roual à proximité. « On a procédé par une filière en ligne en périphérie de l'étang. La technique, c'est de se mettre en ligne et de chercher à tâtons », détaille le commandant Colorado aux journalistes de *Ouest France* qui filment la scène. L'eau est glacée, la visibilité quasi nulle. Qu'espèrent-ils trouver ? Au pis, des corps. Au mieux, une Peugeot 308.

Au même moment, à Orvault, un drone survole le jardin de la famille, pour s'assurer encore que de la terre n'a pas été retournée. Mais la découverte du jean gris de Dirinon, contre toute attente, vient de déporter l'enquête dans le berceau de la famille Troadec. Les disparus ont migré d'Orvault à la pointe Finistère. Alors, jusqu'à tard dans la soirée, les recherches continuent. Les policiers quadrillent le bois, un chien renifle des pistes, en vain. La nuit tombe sur la Bretagne et les téléspectateurs retiennent leur souffle. Orvault, Dirinon, Brest, Landerneau s'affichent comme des petits points sur une carte. Des disparus, un pantalon, une carte Vitale, et de nouvelles traces de sang, plus soigneusement nettoyées, apparaissent.

De son bureau, Hubert Caouissin suit d'heure en heure l'avancement des découvertes. L'enquête qui rebondit semble se rapprocher de lui. « La police a expertisé tous ses disques durs d'ordinateur, dont celui de son bureau. Elle a découvert qu'à ce moment précis il faisait de nombreuses recherches sur Google, sur “comment effacer des traces ADN”, “durée de vie d'un ADN” ou “Xavier Dupont de Ligonnès”. C'est dire s'il cogitait et redoutait qu'on ne remonte jusqu'à lui », indique une source policière. La presse multiplie les articles en ligne, avec le rappel des faits heure par heure. Le mot « Troadec » mentionné dans le titre d'un article génère des milliers de clics : ce polar tient la France en haleine, ce qui irrite au plus point le patron de la police, Jean-René Personnic. « Mais qui a encore parlé aux journalistes ? » tempête-t-il dans les couloirs du commissariat, à en croire l'un de ceux qui l'ont croisé, alors qu'il venait de découvrir les détails de l'enquête en temps réel dans les journaux. « Après cela, avec le procureur, ils ont mis en place un système pour contrôler davantage les fuites d'information. Mais dès qu'ils envoient un télégramme à Paris avec des infos, ça fuite sur RTL dans la journée », souffle un journaliste qui suit le dossier. Si l'affaire Dupont de Ligonnès n'a pas livré son épilogue, laissant chacun libre d'imaginer sa suite possible, celle dite « Troadec » serait sur le point d'aboutir. D'autant qu'un énième rebondissement se profile, le 2 mars au matin, quand, au commissariat de Nantes, la sonnerie du téléphone retentit.

Au bout du fil, un habitant de Saint-Nazaire vient de lire dans *Le Télégramme* que la police recherche la Peugeot 308 grise de Sébastien. La même qui stationne depuis plusieurs jours sur la place face à chez lui. La boulangère intriguée depuis plusieurs jours a aussi remarqué cette voiture ventouse immatriculée en Loire-Atlantique. Elle dormait donc sur le parking d'une église de Saint-Nazaire, dans le quartier de Penhouët, à soixante kilomètres d'Orvault, portes fermées mais pas verrouillées. Nouvelle prise de guerre pour la police. L'information tombe par alertes sur smartphone. Les chaînes d'information en continu s'installent en direct. L'affaire Troadec passionne d'autant plus qu'elle prend la forme d'un « incroyable jeu de piste », comme le titre le quotidien *Le Parisien*, un « Cluedo ». « Qui joue au Petit Poucet avec les enquêteurs ? » interrogera de son côté *Le Journal du Dimanche*. Que fait la Peugeot 308 de Sébastien, étudiant en Vendée, en vacances à Orvault, à Saint-Nazaire ? Va-t-elle livrer l'ADN de celui qui a porté ses mains sur le volant ?

Trois heures durant, les policiers effectuent de minutieux relevés. Prélèvent de la terre sur les pneus. Au journal de 20 heures, c'est l'image du jour. Le véhicule, recouvert d'une grande bâche noire, prend la direction du commissariat de Nantes. Sur les réseaux sociaux, des internautes s'improvisent détectives. Quelques jours plus tard, les experts de la police scientifique et technique constatent que la voiture a été nettoyée. Comme la maison d'Orvault. Du sang a coulé dans le coffre, sur les sièges arrière, le levier de vitesse et le frein à main.

Pierre Sennès redoutait que les recherchent piétinent. Non. Il gronde. « Dans une enquête normale, à la découverte du véhicule, on mettrait en place une surveillance. Et si son occupant buvait un café à côté ? Cela aurait été intéressant, mais rendu impossible : dans les minutes qui ont suivi la découverte, la presse a relayé l'information. Les médias ont gêné l'enquête Troadec », déplore-il, dans son bureau du palais de justice de Nantes un an plus tard. « Ça a été l'enfer, et dès le début, très difficile à gérer. On se heurte à un décalage majeur entre les nouvelles formes d'information du public, en temps réel, et la justice qui ne peut pas être dans une stratégie d'immédiateté », prévient-il. L'homme aux lunettes carrées fronce le sourcil. « Le procureur ne peut pas organiser un feuilleton judiciaire tous les jours. Ce n'est pas cela, le boulot d'un procureur. La communication judiciaire doit avoir du sens, intervenir à des moments précis, lors d'une évolution d'enquête marquée qui justifie une communication. C'est un décalage entre une presse en surenchère – il y a une amplification non maîtrisée de l'information –, et une institution judiciaire qui doit garder une réserve pour ne pas être banalisée. Elle doit garder une crédibilité. Et la crédibilité suppose une certaine distance. » L'homme gronde d'autant plus depuis qu'il a aussi découvert qu'un journaliste du service police-justice du quotidien *Le Parisien* s'était fait passer début mars pour un capitaine de gendarmerie, au téléphone, auprès de Renée Troadec, afin de la mettre en confiance et de recueillir ses confidences. Elles ont donné lieu à une pleine page publiée le 9 mars 2017. Ce reporter ignorait que la mère de Pascal Troadec était placée sur écoute, et que toute leur conversation a été enregistrée par la police. Au terme d'une enquête interne, ce journaliste sera renvoyé par son employeur et une enquête préliminaire a été ouverte par le tribunal judiciaire de Bobigny. « Chacun est renvoyé à sa déontologie », s'indigne le magistrat, qui, petit à petit, voit sur son bureau les pièces du puzzle s'assembler. Des effets personnels de Charlotte retrouvés dans un bois, la voiture de Sébastien sur une place à Saint-Nazaire… Et nouvel élément : à Dirinon, alors que soixante-dix gendarmes procèdent à un nouveau ratissage du bois, ils découvrent, dans la boue, deux livres de jeunesse, à cinq cents mètres environ du pantalon retrouvé la veille. L'un d'entre eux porte une étiquette : « Pascal Troadec, classe de 4e ». Qui joue ainsi avec les nerfs des juges d'instruction et des familles de Pascal et Brigitte ?

À Landerneau, Hélène, sa plus jeune sœur, vit cloîtrée, les yeux rivés à l'écran de télé, portable à la main.

« Un soir j'ai dit à mon mari : "Je reste à la maison, Charlotte va peut-être arriver" », se souvient-elle. « On a attendu. On la pensait séquestrée quelque part. » En l'absence de corps, impensable de croire au pire. La famille balaie d'un revers de main les soupçons qui pèsent sur Sébastien. « Un jour, à Dirinon, quelqu'un a dit : "J'ai vu un garçon avec un sweat à capuche, c'était Sébastien." Cela nous a rendu espoir », se remémore-t-elle encore. Après la diffusion des photos de la famille dans les médias, le commissariat croule sous les appels. Certains pensent avoir reconnu Sébastien dans une rame de tramway à Nantes, d'autres Charlotte dans un centre commercial ou faisant du stop sur l'autoroute. Les policiers épluchent les témoignages un à un, mais aucune trace des Troadec. La famille assiste, impuissante, au fil de l'histoire et, le vendredi 3 mars, suit en direct la conférence de presse du procureur Sennès retransmise sur les chaînes d'information en continu. « J'ai vu que Sébastien avait été désigné comme suspect numéro 1… Il faut être prudent ! » sermonne-t-il. La piste évoquée depuis le début de l'affaire a du plomb dans l'aile. Son sang retrouvé dans la maison d'Orvault, puis sa voiture à Saint-Nazaire, le placent désormais en position de victime. Et, à l'image de ses parents et sa sœur, son compte en banque est inactif depuis le 16 février. Les médias interrogent le procureur sur ce « jeu de piste ».

« Est-ce que l'on a affaire à un jeu morbide, de quelqu'un qui s'amuserait à balader les enquêteurs ? questionne un journaliste.

— C'est acquis dans la réflexion, réplique le procureur. »

Ce jeu du chat et de la souris sature l'espace médiatique. Parmi les centaines de milliers de téléspectateurs qui suivent devant leur écran de télévision « cette enquête criminelle exceptionnelle », comme la qualifie le commissaire divisionnaire Gilles Soulié, personne n'imagine qu'un petit garçon ne rate pas une miette des images qui défilent en boucle. Il a huit ans et les yeux collés au poste. Il lit les informations défilant sur le bandeau en bas de l'écran de BFMTV et suit l'affaire Troadec comme un mauvais dessin animé. Il a vu toutes les images. Et a bien sûr reconnu dès le premier jour les visages de ceux qu'il a connus. Pascal, son oncle. Brigitte, sa tante. Sébastien et Charlotte, ses cousins. Le fils Caouissin comprend-il l'expression utilisée en direct à la télévision par le procureur Sennès, jugeant l'affaire « hors norme » ? Dans cette ferme coupée du monde où il passe ses journées, il serait en mission. D'après plusieurs sources proches de l'enquête, son père lui aurait demandé de le prévenir chaque fois qu'il entendait le mot « Troadec » sur BFMTV. Pendant plusieurs jours, sa voix résonnerait ainsi derrière les murs de la ferme : « Papa, papa, vite ! » Interrogée sur RTL, sa grand-mère Renée, qui le recueillera chez elle plus tard, s'exclamera sans détour : « Oh bah il a regardé la télé, il sait tout ce qu'il s'est passé ! »

Devant les images qui défilent, Hubert Caouissin sent l'étau policier se resserrer. Pense-t-il que les indices disséminés de Dirinon à Saint-Nazaire brouilleront les pistes ? Il ignore qu'un élément matériel retrouvé à Orvault fait désormais office de preuve. Le « scellé 36 » vient de parler. La nuit du 16 février 2017, puis les jours qui ont suivi, quand il était seul dans la maison des Troadec, il aurait eu soif. Très soif. Un besoin décuplé par l'effet du stress, d'après une psychologue spécialisée en criminologie. Alors, selon l'enquête, il a bu de l'eau. Des litres et des litres. Quand pour la dernière fois la porte du 24, rue d'Auteuil s'est fermée, à l'abri des regards, il espérait son passage sur les lieux du crime effacé. Le sang, invisible à jamais. Son crime, pour toujours secret. Près de l'évier, il aurait oublié ce verre d'eau transparent, sur lequel il aurait plusieurs fois, exténué, porté ses lèvres et son ADN. Un acte manqué ? « Cette empreinte laissée, c'est la trace de l'humanité », souffle l'avocate Cécile de Oliveira. Le vendredi 3 mars, le fichier national des empreintes génétiques établit officiellement que l'ADN prélevé sur le rebord du verre appartient à Hubert Caouissin. Celui du fauteuil laissé dans le jardin aussi. Un grain de sable dans la machine pour celui qui assurait aux enquêteurs, huit jours plus tôt, lors de sa première garde à vue, ne pas avoir revu les Troadec depuis longtemps. Et voilà que le lendemain, l'expertise de la Peugeot de Sébastien établit que l'ADN retrouvé sur l'appuie-tête conducteur et le rétroviseur intérieur appartient aussi à celui que Brigitte appelait son « beau-frère ». Les hommes de la PJ attendaient que la science parle. Les voilà prêts à l'offensive. Débarquer par surprise à Pont-de-Buis, à 6 heures dimanche matin.

Il ne fait pas encore jour. Dans la ferme, tout le monde dort encore lorsque les policiers se garent route du Vieux-Bourg, sur la butte surplombant la propriété. Ils sont une dizaine, commandant de police, capitaine, brigadier, de Brest, de Rennes, de Nantes. Descendent à pas feutrés le chemin privé menant à l'entrée, s'avancent discrètement le long du corps de ferme et enfoncent brusquement la porte d'entrée. Hubert Caouissin et Lydie Troadec sursautent et reconnaissent certains de ces hommes auxquels ils faisaient face lors de leur garde à vue une semaine plus tôt. Leur petit garçon se réveille brutalement. « Il a eu très peur », raconte un proche de l'enquête. « Quand ils sont entrés dans sa chambre, caché sous sa couette, il leur a lancé : "C'est à cette heure-ci que vous arrivez ?" » Le temps de rassembler à la hâte quelques vêtements, une équipe de policiers l'emmène chez sa grand-mère Renée, tandis que ses parents embarquent pour le commissariat de Brest, où Hubert Caouissin retrouve ce bureau dans lequel, huit jours plus tôt, il s'étonnait de la disparition des Troadec. Yeux dans les yeux avec les enquêteurs, face à la preuve ADN, à ce scellé 36 et à ses mensonges, celui qui aimait avoir raison n'a ni longuement hésité, ni bataillé. Confronté à lui-même, il a tout avoué.

13.

Recherche or désespérément

Cachez cet or que je ne saurais voir… Il brille, mais ne connaît qu'un mode : le conditionnel, son péché originel. Il « serait » tombé à l'eau, accidentellement, du port de Brest, en juin 1940, lors du chargement en catastrophe des navires. Il « aurait » été repêché, et « aurait » échoué dans le quartier Recouvrance. Pierre Troadec « l'aurait » découvert puis caché. Après sa mort, Pascal s'en « serait » emparé. Combien sont-ils, de 1940 à aujourd'hui, à l'avoir évoqué, à propager son histoire, sans jamais l'avoir vu, et à lui octroyer une telle place dans leur vie, jusque dans la mort ? Dans cette longue odyssée du mystère, un homme a tranché. Hubert Caouissin a embrassé le présent de l'indicatif. « On a de bonnes raisons de penser qu'ils ont piqué des pièces d'or en quantité », a-t-il affirmé aux enquêteurs le soir de ses aveux. « Cet or, il y croyait dur comme fer », abonde son avocat Thierry Fillion.

Didier Bruneel a servi la Banque de France pendant cinquante-quatre ans, de 1964 à 2008. Il en fut successivement inspecteur, directeur général adjoint des études, secrétaire général, directeur général des opérations, conseiller du gouverneur, avant de prendre sa retraite en 2009. Non sans avoir achevé un travail d'orfèvre : écumer les archives et publier depuis 1997 cinquante-deux ouvrages retraçant l'histoire de l'institution. Il m'a fait partager les multiples rapports rédigés par la Banque dès les années 1940 sur l'évacuation de l'or à Brest. Avec cette interrogation, pour tenter de déterminer l'origine de l'or présumé au cœur de l'affaire Troadec-Caouissin : en juin 1940, de l'or est-il tombé à l'eau ?

Dès février 1945, à la fin de la guerre, la Banque de France veut savoir. Elle envoie à Brest l'inspecteur Demarquette, pour consulter les rapports rédigés après l'évacuation, et retrouver des témoins. La Banque chiffre à six sacoches de pièces et une caisse de quatre lingots l'or perdu. Soit environ cinquante kilos, correspondant à l'époque à la somme de 20 886 202,78 francs. Il épluche plusieurs comptes rendus officiels, apprend qu'une sacoche de pièces de vingt francs à bord d'un navire a été volée, puis qu'une caisse de ferraille a été substituée à une caisse d'or. Le rapport réalisé par le lieutenant de vaisseau Jean Bigenwald indique que des officiers « ont vu des marins éventrer des caisses ou des sacs. [...] Des caisses seraient tombées à l'eau au quai des Flottilles et des repères marqués sur le quai ». Un autre rapport encore, signé de l'ingénieur mécanicien Jean Thibeau, le 30 décembre 1940, stipule que : « Le matelot mécanicien Achez m'a signalé lors du chargement des caisses à bord d'*El Djezaïr* qu'il avait entendu, vers 17 heures, deux bruits de chute dans l'eau, il pense que c'étaient des caisses. De même, vers 18 heures, il a entendu trois bruits de chute dans l'eau. »

Mais M. Lajule, le directeur de la succursale de Brest, a brûlé tous les documents se rapportant aux évacuations, de peur que les Allemands ne s'en saisissent. Il fait état d'un accident le 18 juin à 13 heures, au cours d'une alerte aérienne, alors que l'or est chargé sur le quai des Flottilles à bord d'*El Mansour*. Il écrit : « Il semble bien établi qu'une ou plusieurs caisses ou sacoches aient été projetées à la mer. » Sur la base de ces documents, l'inspecteur Demarquette entreprend des recherches en mer pour tenter de retrouver la caisse de quatre lingots et des sacoches d'or. Il sollicite la mémoire de ceux qui commandaient les navires, avec pour principale difficulté de retrouver leur emplacement précis sur les quais, puisque le port a été détruit pendant la guerre. Il focalise son attention le quai de Laninon.

Les recherches commencent dans la rade de Brest, mais l'espoir est mince : la caisse de lingots mesure la taille d'une boîte à chaussures. La marine française prêtera quatre scaphandriers pour sonder les eaux, sur six cents trente mètres le long du quai des Flottilles, et jusqu'à vingt mètres au large. Elle met aussi à disposition de la Banque un bâtiment baptisé « la girafe », muni d'une pompe pour évacuer la vase accumulée.

Oui mais voilà : cinq années se sont écoulées entre la chute présumée des caisses et les recherches faites par les scaphandriers, la vase s'est accumulée, les débris et éboulements stagnent au fond de l'eau et pourraient recouvrir caisses et sacoches. Seule une caisse à munitions sera repêchée… Et un sac contenant du linge. Mais de l'or, aucune trace. 3 novembre 1945 : les recherches s'achèvent. « Elles n'ont pas abouti, et on a arrêté les frais », commente Didier Bruneel. « Mon sentiment est que l'or manquant a été volé, peut-être même en descendant les sacoches du fort du Portzic. Moi, je ne pense pas que de l'or soit tombé à l'eau, et si quelques pièces le sont, on ne sait pas à quel endroit », résume-t-il aujourd'hui.

La Banque de France met fin à l'épisode, mais pas à la légende, qui se répand encore des décennies plus tard. « Il y a beaucoup de fantasmes autour de l'or à Brest », sourit l'historien Alain Boulaire. Le poids du passé y est palpable à chaque coin de rue, où escaliers, remparts, vestiges offrent une vue plongeante sur la mer et l'arsenal. « Certains habitants abritent dans leur sous-sol des petits trésors du passé, comme des lavoirs », raconte James Osmont, infirmier et écrivain qui y vit et y a grandi. « C'est un quartier de construction et de déconstruction, avec dix mètres de remblais partout. » Entre passé et futur, Recouvrance regorge toujours de petites et grandes légendes qui ont forgé son identité. « Quand on a construit le tramway, on a retrouvé à Recouvrance une rue entière, la rue Lapeyrouse, qui était elle-même sous une rue ! La rue de Saint-Malo est restée intacte. Comme la maison de La Fontaine. J'ai vu des caves du XVIIIe siècle à Recouvrance. C'est pour ça qu'il y a encore peut-être de l'or enfoui sous

Brest ! » s'exclame l'historien brestois et ancien professeur en classes préparatoires Alain Boulaire.

Dans cette ville moins riche que Quimper ou Rennes, l'or est un mythe éternel. Mars 2017 : alors que l'affaire Troadec-Caouissin fait la une de l'actualité, une habitante de la région lit *Le Télégramme*, et découvre que l'assassin présumé de la famille évoque un mobile d'or. Elle prend contact avec la rédaction locale du quotidien, et raconte son histoire familiale à la journaliste Anne-Cécile Juillet. « Lorsque j'ai lu que la mère de Pascal Troadec évoquait un trésor découvert par son mari, dans un immeuble de Recouvrance, de l'or qui était tombé dans le port pendant la guerre, mon sang n'a fait qu'un tour ! Je me suis dit que c'était l'histoire de mon père, racontée là ! » explique-t-elle au journal. Selon elle, son père, accompagné de trois amis, a remonté du port de Brest, en juin 1940, « ces cinquante kilos de lingots d'or tombés à l'eau, quelques jours après que tout l'or de la Banque de France est parti par bateaux ». La journaliste consacre un article au témoignage de celle qu'elle prénomme « Colette », pour protéger son anonymat. Elle décrit une femme d'une soixantaine d'années, « sûre de sa mémoire ». Auprès d'elle, Colette confie son secret. « Mon père, en 1940, avait vingt-deux ans. Il vivait chez sa tante Jeanne, à Recouvrance, sa mère et son petit frère avaient quitté Brest pour se réfugier à la campagne. Il était assez actif dans la Résistance. Le bruit a rapidement couru, dans ce milieu, qu'une caisse d'or était tombée dans le port. Ils ont mis peu de temps à découvrir l'endroit, quai de

Laninon, où elle était tombée. Une nuit, ils sont allés la chercher. Deux ont plongé, deux ont guetté, dont mon père. En moins d'une heure, ils l'ont remontée à la surface », se souvient-elle. À l'écouter, cette histoire est devenue « leur épopée familiale », racontée de génération en génération. Et le butin ? Selon Colette, son père et ses trois amis l'auraient caché dans le jardin d'une tante, à Recouvrance, sous un stock de bois, précisant qu'il s'agissait de lingots numérotés par la Banque de France. Mais lorsqu'ils apprennent que la Banque de France diligente une enquête en 1945 pour retrouver l'or manquant, le père de Colette et ses amis paniquent. Comme elle le raconte au *Télégramme*, « ils ont donc décidé de se débarrasser de l'or, en le déposant, une nuit, dans un immeuble désaffecté de Recouvrance. En espérant que d'autres le retrouvent. C'était une façon de se débarrasser du bébé ! » La sexagénaire, née dix ans après la Libération, a refusé de raconter son histoire familiale à d'autres médias. « À mes yeux, cet or faisait de mon père un héros. Quand je vois ce qu'il a engendré comme horreurs, je me dis que peut-être, mon papa aurait mieux fait de le laisser au fond du port », a-t-elle regretté, ajoutant sa pierre à la légende.

Son témoignage dans *Le Télégramme*, au plus fort de l'affaire Troadec-Caouissin, a semé le trouble. « Nous n'avions pas de possibilité de vérifier ses dires. On a respecté son ressenti. On a traité cela comme on traite un témoignage et une contribution à l'histoire brestoise », souligne la journaliste Anne-Cécile Juillet. « Cette histoire me paraît très vraisemblable », réagit l'historien Brestois Alain Boulaire, qui précise toujours

« s'interroger ». « Dans la mesure où le seul créneau où il fallait chercher cet or tombé à l'eau, c'était celui-là ! C'était la débandade totale, et les Allemands n'étaient pas encore là. Tous les hommes valides et volontaires étaient partis, il n'y avait plus personne ! » Mais si cette histoire est exacte, l'or en question serait-il celui que Pierre Troadec aurait trouvé dans son immeuble de Recouvrance ? Personne aujourd'hui n'est en mesure de le certifier. Et Colette refuse de raconter une seconde fois son histoire à la presse. D'autres hypothèses existent. « L'or se transporte très facilement », observe Boulaire. « La France pendant longtemps a été le pays au monde où il y avait le plus d'or privé. À Brest comme ailleurs, la guerre arrivant, des gens ont acheté de l'or. C'étaient les fameux bas de laine ! La ville a été détruite à 90 % pendant la Seconde Guerre mondiale, mais Recouvrance a été le quartier le plus épargné. Étant donné la destruction de la ville, cet or pourrait donc aussi être un trésor familial inconnu sur lequel le père Troadec aurait mis la main. »

Les juges chargés d'instruire l'affaire Caouissin-Troadec sont aussi partis à la recherche de l'or, conférant à l'enquête une dimension internationale. De mars 2017 à l'automne 2019, ils ont mené des investigations en Suisse, à Monaco, en Andorre, pour vérifier si Pascal, Brigitte, Sébastien et Charlotte Troadec avaient ouvert des comptes et placé de l'argent ou de l'or. Pour le savoir, ils ont sollicité une demande d'entraide pénale internationale, à destination des représentants judiciaires de chaque pays. L'instruction n'a pu être bouclée qu'après qu'on eut trouvé à la hâte un traducteur catalan, pour que la lettre des autorités de la région espagnole soit traduite en français. Les réponses des institutions, comme celles des dizaines d'établissements bancaires qui ont plongé dans leurs archives sont sans appel. Le couple défunt n'avait rien nulle part. Ni compte, ni coffre, ni mandat, ni lien quelconque. Leurs enfants non plus. Rien au cours de l'instruction n'a démontré l'existence de cet or. Et leur train de vie ne paraissait pas en décalage avec leurs revenus.

14.

Apocalypse

Nom féminin. Du grec ἀποκάλυψις / apokálupsis. Signifie « dévoilement » ou, sous un aspect religieux, « révélation ».

Dictionnaire Larousse, 2018.

Il a déplié une longue bâche noire, et l'a jetée au sol, comme un linceul, dans le hangar de la ferme. Puis il a ouvert le coffre de la Peugeot 308 de Sébastien Troadec et, un à un, a soulevé ces grands sacs-poubelle, lourds et raides. Un déménagement de chair humaine. Pascal, Brigitte, Sébastien, Charlotte. À eux quatre, près de trois cents kilos. Hubert Caouissin a déposé au sol, péniblement, les corps de la famille Troadec avant de les faire disparaître. Apocalypse.

La veille déjà, à Orvault, ce fut une expédition, lorsqu'il quitte le pavillon au petit matin, laissant derrière lui quatre cadavres, et regagne sa ferme du

Finistère pour quelques heures seulement. Là, il dort un peu, prend l'air, joue avec son petit garçon, avant de reprendre la route vers Nantes qu'il commence à connaître par cœur. Ils ont couché leur fils, Lydie est montée en voiture avec lui, et ils ont roulé trois cents kilomètres. La nuit est tombée, et, selon leurs récits concordants devant les juges, elle l'a déposé à proximité de la rue d'Auteuil, où il a terminé le voyage à pied, des sacs-poubelle de cent trente litres à la main. À nouveau, il redouble de discrétion pour ne pas attirer l'œil du voisinage. Et se faufile incognito jusqu'au domicile des Troadec. Ils gisent tous les quatre au sol. À lui désormais d'effacer toutes les traces du drame et de son passage. À cet instant, il est à la fois croque-mort et agent de nettoyage. Alors il agit. Mécaniquement. Avec un mantra : tout doit disparaître. Celui qui vingt-quatre heures plus tôt a donné la mort à quatre reprises s'est choisi une devise en trois mots : « priorité aux vivants ». Lui, Lydie, leur fils. Alors il savonne, récure, une partie de la nuit. Bassine, eau chaude, lessive Saint-Marc.

Plus il compresse l'éponge au creux de sa main, plus il mesure l'ampleur du carnage. Insurmontable. Les gouttes de sang se diluent dans l'eau, la sueur coule de son front. Exténué, il s'allonge dans le lit de Pascal et Brigitte, à l'étage, et, à le croire, s'endort quelques heures. Le jour se lève, les halos de lumière transpercent la maison fantôme et jettent une lumière froide sur cette scène d'apocalypse. Le technicien se remet au travail. Mais même dans leur mort, Pascal, Brigitte, Sébastien et Charlotte continuent de lui imposer leur présence. Quatre corps à rassembler, dans des mares de sang pâteuses, à traîner vers le garage, à soulever et charger dans la voiture. « Je savais qu'ils étaient morts mais ils faisaient vraiment morts, je ne sais pas comment vous dire ça », a-t-il rapporté aux enquêteurs, lors de ses premiers aveux. Fidèle à lui-même, dans un flot ininterrompu de détails, il a livré sa version des faits, que le procès d'assises devra confronter au dossier d'instruction. « Les corps étaient là et ils étaient impressionnants. » Il traîne celui de Brigitte de la salle de bains, où la nuit précédente, elle s'était réfugiée, et le transporte près de celui de son époux, étendu dans le hall d'entrée. Puis il aperçoit Sébastien allongé sur son lit. Au mur, son regard s'arrête sur l'immense trace de sang du jeune homme de vingt et un ans, qu'il tire par les pieds, jusqu'à ses parents. Enfin, il s'approche de Charlotte, recouvre son crâne ensanglanté d'un sac-poubelle, la hisse sur son épaule, et l'allonge au-dessus des autres. Était-il vraiment seul ? Il l'assure, et ses avocats insistent : rien au cours de cette enquête XXL n'a montré qu'il avait reçu de l'aide dans la maison.

Face à ces corps raidis empilés au sol, il improvise une organisation de fortune, se construit un parcours, dégage des zones des passage, pour poursuivre d'interminables allers-retours avec sa bassine d'eau. « Ça a été très long, très éprouvant, parce que j'aimais bien Charlotte, j'aimais bien les enfants, j'essayais de ne pas regarder les corps chaque fois que je passais dans le couloir. » Pendant des heures, péniblement, il a frotté, insisté, allant jusqu'à démonter l'armoire du couloir, derrière laquelle du sang avait coulé, ou à gratter le plafond de la chambre de Sébastien pour faire sauter des taches rosâtres. Soudain, son cœur s'emballe. Il stoppe net, tend l'oreille. On vient de frapper à la porte d'entrée. Il se fige, tétanisé. « Les flics », pressent-il aussitôt. Deux collègues de travail de Pascal Troadec, inquiets de son absence inexpliquée, tambourinent à la porte blanche, patientent puis quittent les lieux. Hubert Caouissin prend une profonde inspiration et plonge l'éponge dans la bassine.

Le soir tombé, après vingt-quatre heures passées dans la maison, il fait de la place dans le garage, et saisit les clés de la Peugeot 308 de Sébastien, sort et la rentre en marche arrière. Puis il baisse la banquette arrière, celle où peu avant encore les copains du jeune homme s'installaient, et y étend des draps. Le plus fastidieux commence : charger trois cents kilos de chair. « C'est sordide vous savez, un corps qui est mort, c'est pas une personne », a-t-il observé devant les enquêteurs. Un à un, il les hisse à l'arrière de la voiture, du plus lourd au plus léger, de son propre aveu, presque insurmontable. Aux juges et experts mandatés qui s'étonneront qu'il ait pu seul accomplir une tâche si physique, il rétorquera que son père était recordman d'haltérophilie, et qu'à la ferme soulever des charges et des troncs d'arbre était une habitude. L'argument n'a pas convaincu les parties civiles. « Quatre ans après les faits, notre état d'esprit est le même. Nous sommes intimement persuadées qu'Hubert et Lydie ont tout fait à deux. Elle a été sa complice de bout en bout », accusent Martine et Hélène, les sœurs de Brigitte Troadec, ce que Lydie Troadec a démenti catégoriquement. « Nous laissons à chacun la responsabilité de leurs opinions », balaye Loïc Cabioch, l'avocat de Lydie Troadec. « Mme Troadec n'est renvoyée devant la Cour d'assises que pour des délits connexes, et ce après plusieurs années de longues et complexes investigations. Son rôle apparaît parfaitement circonscrit », insiste-t-il par e-mail, refusant de communiquer davantage. Ni l'enquête colossale, ni la reconstitution criminelle organisée à Orvault le 30 avril 2019 n'ont démontré l'intervention d'une tierce personne.

Hubert Caouissin recouvre les corps de sacs-poubelle, puis de draps qu'il a piochés dans un placard. Il a soif, multiplie les allers-retours à la cuisine, et expliquera avoir puisé la force en pensant à son fils, à ce que serait sa vie avec un père en prison. « C'était l'énergie du désespoir », commentera-t-il. Il alterne les ouvertures et fermetures de lumière, éteint le hall, éclaire uniquement le garage, pour n'éveiller aucun soupçon. Il allume même la télévision, pour ramener un semblant de vie. Les voisins n'ont rien vu, beaucoup étaient en vacances d'hiver, et ceux qui avaient qualifié les Troadec de « morts-vivants » n'ont rien perçu ni de leur passage de la vie à la mort, ni de la mort au convoi funéraire. L'homme croit emporter avec lui toutes les traces de son acte. Draps, serviettes, taies d'oreiller, vêtements ensanglantés. Il découpe les morceaux de matelas souillés, embarque les ordinateurs et téléphones portables, sauf celui de Sébastien aux oreillettes ensanglantées, quelques bijoux et effets personnels. Pour faire croire, comme l'avait fait Xavier Dupont de Ligonnès quatre kilomètres plus bas et six ans plus tôt, à un départ précipité de la famille ? Il éteint la télé. Les lumières. Sort la voiture du garage. Ferme la porte, laissant cette maison à jamais vidée de ses occupants. Il n'y reviendra que vingt-six mois plus tard, le 30 avril 2019, entouré des deux juges d'instruction, de ses avocats, du procureur de la République et de nombreux policiers et experts pour reconstituer devant eux la scène. Pour l'heure, avec son talkie-walkie acheté sur Internet, il aurait contacté sa compagne, à nouveau revenue du Finistère, qui patienterait depuis une heure et demie, garée un peu plus loin, à l'abri des regards. Elle se serait approchée avec son véhicule, et aurait suivi son compagnon, installé au volant de la Peugeot de Sébastien. Il ouvre le convoi, exténué, vers Pont-de-Buis, avec, dans le rétroviseur intérieur, le reflet des sacs-poubelle et des draps. Le voyage funèbre durera trois heures.

À quoi songeait-il, dans le noir de la route ? À cette scène d'une violence inouïe, vingt-quatre heures plus tôt, qu'il a lui-même qualifiée de « furie » devant les experts psychologues ? Aux coups qu'il aurait portés aux membres de la famille au pied-de-biche, comme il l'a rapporté ? À ce qu'il raconterait aux policiers, s'ils venaient frapper à sa porte ? À cette histoire d'or qu'il allait peut-être remiser dans un tiroir, pour l'éternité ? Les mains sur le volant de la voiture de Sébastien, il quitte Orvault par le périphérique voisin, prend la direction de Brest, emprunte l'autoroute, longe les côtes et les terres. Une heure, deux heures, trois heures de route. « Vous avez atteint votre destination », a peut-être annoncé la voix du GPS. Pont-de-Buis. Le hameau de Logonna. La ferme du Stang. Il coupe le moteur. Il est chez lui, vivant, avec eux, morts. Son instinct de survie a gagné. Au cœur de la nuit, au crépuscule de sa vie, dans ce bout de campagne finistérienne, le silence, enfin, jaillit.

Au réveil, il doit de nouveau déployer des trésors d'organisation. Réunir le matériel, préparer la chaudière, anticiper chacun de ses gestes. À quoi pensait-il au moment de se saisir du couteau de cuisine pour séparer la tête du corps de Pascal ? Se remémore-t-il leur première rencontre, à l'été 2006, quand, avec Lydie, ils étaient passés voir Pascal et Brigitte dans leur camping, sur la route des vacances ? Les deux hommes ont tant de similitudes. Un même caractère rigide, de l'impulsivité, des colères froides. Dans le hangar de la ferme du Stang, en cette fin février 2017, l'un est vivant, l'autre mort, et dans ce clair-obscur se joue leur ultime duel. Hubert, le natif du Sagittaire, signe de feu, indépendant et déterminé, face à Pascal, natif de la Vierge, signe de la terre, pragmatique et ordonné. Pascal, le mal-aimé, mis au ban de la famille, traité de voleur, congédié pour avoir fait visiter quelques capitales européennes à ses enfants et avoir roulé au volant d'une Audi d'occasion. Le 19 août 2015, après la cousinade annuelle des Troadec à Spézet et une tentative de réconciliation manquée avec Hubert et Lydie, Pascal avait envoyé un SMS à sa sœur, que les policiers ont retrouvé dans son téléphone portable. Il l'informait qu'il était allé au commissariat de Guipavas, où les policiers lui avaient confirmé qu'aucune plainte ni aucune enquête n'était ouverte au nom d'Hubert Caouissin pour un éventuel vol d'or. Dans son message, Pascal ajoutait : « Je voudrais revoir maman qui croit fermement à cette histoire montée de toutes pièces par Hubert [...]. Aujourd'hui je trouve encore porte close à Guipavas et refus de maman de me recevoir ainsi que mes enfants. Remercie Hubert pour ses diffamations, peut-être un psy serait utile à ce niveau de pathologie. » Hubert Caouissin repense-t-il à ces lignes face au corps de leur auteur ? Il lui coupe la tête, puis le corps presque centimètre par centimètre. Il le décharne, brûle ses os dans la chaudière, remplit un seau de ses cendres, et jette ses organes dans les ronciers, avec l'espoir que les animaux sauvages achèveront le travail. De la vie de Pascal Troadec, ne reste que ce puzzle humain disséminé en petites pièces sur la dalle glaciale du hangar. Et de sa mort, plus rien. Hubert a définitivement pris sa place dans ce qui reste de cette famille. Hubert a vaincu. Pascal a perdu.

Vint le tour de Brigitte. Pour elle, la vie d'Hubert Caouissin et de sa belle-sœur Lydie Troadec était une énigme. Quelques semaines encore avant le drame, pressentait-elle que quelque chose allait arriver ? Sur son ordinateur, à la maison, la mère de famille cherchait sur Internet des renseignements sur eux. Elle avait aussi décroché son téléphone pour échanger avec Marie-Françoise Caouissin, la mère d'Hubert. Hubert, furieux, l'avait vécu comme une intrusion. « Pascal et Brigitte Troadec étaient accusés à tort et vivaient comme un harcèlement absurde et agressif les accusations qui relèvent de l'imaginaire de l'assassin », déplore l'avocate Cécile de Oliveira. Brigitte n'a jamais su que le couple avait emménagé à Pont-de-Buis. Mais

Pont-de-Buis, elle et Pascal connaissaient bien : ils y avaient brièvement habité. Apprendre ce détail par des amis du couple m'a stupéfait. Hubert Caouissin avait-il idée, lui, alors qu'il entamait la découpe de son corps, de combien Brigitte y avait été heureuse ? C'était au début des années 1990, quand sa vie professionnelle l'extirpe de sa Bretagne pour un poste aux impôts en région parisienne. Pascal la suit. Mais pour les deux amoureux du Finistère, pas question de partir sans port d'attache. Alors ils ont l'idée d'acheter un pied-à-terre, et un étrange hasard de la vie le conduit vers cette petite maison à retaper, dans ce village imprégné par l'esprit de la Résistance, pendant la Seconde guerre mondiale. C'est ici que les Allemands se sont arrêtés le 6 août 1944, et ont tué seize habitants. Non loin de la stèle leur rendant hommage, le couple a un coup de cœur pour ce qui deviendra la maison de leurs week-end et de leurs vacances. Des amis de longue date de Pascal et Brigitte, Hélène et Éric, en exhument les photos sous mes yeux, soigneusement classées. La jeune Brigitte Troadec, longs cheveux clairs, affiche un sourire radieux dans cette ambiance de fin de chantier. Certes, il faut encore peindre les murs, terminer quelques aménagements, mais la maisonnée est suffisamment au point pour improviser un dîner entre copains. Sur le cliché, Brigitte, dans la cuisine de Pont-de-Buis, exhibe avec sourire la tarte aux pommes qu'elle s'apprête à servir. Pascal est à ses côtés. Après la naissance de Sébastien, à Bondy, en février 1996, le couple quitte la région parisienne pour la Loire-Atlantique, se rapprochant de ses terres natales. Il décide alors de revendre son pied-à-terre, et dit adieu à Pont-de-Buis. Pour y revenir, plus de vingt-cinq ans plus tard, une nuit glauque de février, morts, recouverts de sacs-poubelle, dans le coffre de la voiture de leur fils.

À quoi a-t-il donc pu penser pendant ces heures ? Il aurait d'abord selon lui demandé à Lydie de ne pas s'approcher. Et de tenir leur fils éloigné du hangar. « Comment Lydie peut-elle dire qu'elle ignorait cela ? La boucherie, tout le monde était aux premières loges », enrage Hélène, la sœur de Brigitte. Pendant deux jours, il a réduit les corps en poussière. Au sens littéral, apocalypse signifie « dévoilement », ou, sous un aspect religieux, « révélation ». On se révèle à soi-même et aux yeux des autres. Dans ce temps suspendu, l'ancien enfant de chœur de Brest s'est-il révélé à lui-même ? Où a-t-il puisé la force ? Nul ne le sait. Il aurait mis de la musique dans le hangar pour l'accompagner dans sa tâche. Revoyait-il, dans sa tête, le film de sa vie qui défilait à mesure que les corps disparaissaient ? La solitude, Hubert Caouissin l'éprouve depuis petit. Il confesse n'avoir pas vraiment aimé son enfance, malgré sa place de petit dernier, avec deux frères et une sœur plus âgés que lui, et une mère qu'il a qualifiée devant les experts psychologiques de « dragon ». Celle-ci, qui n'a pas souhaité s'exprimer, a pourtant volé au secours de son fils dès son incarcération, promettant de « tout faire » pour le sortir de là.

La vie d'Hubert Caouissin s'écrit toujours avec ce marqueur de la mise à l'écart. À Plouguerneau déjà, il suspectait certains voisins de lui vouloir du mal, se fâchait, jusqu'à bouder aux yeux de tous. « Du jour au lendemain, vers 2011, lui et sa compagne ne nous ont plus dit bonjour. On en a parlé avec les autres voisins, on s'est tous demandé : "Est-ce qu'il y a eu un problème ?" Non. Personne n'a compris », témoigne Michel Boucher, le voisin d'en face. « Il y avait des poules, la chienne qui aboyait souvent. Puis un jour, plus de chien, plus de poules, plus de petit qui joue dans le jardin. Tout le monde est parti ! » Mais c'est avec le couple Troadec que le conflit dure. Il l'expliquera plus tard aux juges : protéger son fils de Pascal et Brigitte Troadec était devenu sa priorité, comme si le couple d'Orvault pouvait à tout moment s'en prendre à lui. Il explique s'être senti « en danger ». Le propos fait bondir les sœurs de Brigitte Troadec et leur avocate, pour qui cet argument est nul et non avenu. C'est d'ailleurs dans cette quête de discrétion et d'effacement que le petit garçon Caouissin, lors de son éphémère scolarisation à l'école de Pont-de-Buis, a été inscrit sous le nom de « Troadec ». Son père a gommé le nom « Caouissin » pour éviter, selon lui, que la moindre recherche extérieure ne mène facilement à l'enfant. Sous la tôle de son immense hangar, il s'apprête à faire disparaître son patronyme définitivement.

Dans le froid de février, à l'abri des regards de sa compagne et de son fils, l'ancien joueur d'échecs procède à un découpage minutieux des corps. Il coupe les têtes, bute sur des articulations, désassemble les vertèbres cervicales, désarticule les jambes. Un travail de « forcené » dira-t-il. Il enlève la peau et les muscles, les met dans un seau, rajoute du bois dans la chaudière qui tourne à plein régime. Il procède à la crémation de ce qui peut l'être, disperse le reste des organes dans la nature, pour faire comme si rien ne s'était passé. « Il y avait la notion d'urgence, c'était la panique », précisera-t-il. « Je me suis senti un peu seul, très seul même. » « Ce qu'a fait Hubert Caouissin, c'est une recherche d'anéantissement complet. Même morts, ils n'existent plus », analyse Olivier Pacheu, avocat des tantes de Pascal Troadec. « C'est ce qui est le plus difficile pour elles et pour toute la famille, c'est ce qui se passe après la mort. Il passe deux jours à les découper. À la découpe, il a su mettre à profit l'ensemble de ses connaissances. Hubert Caouissin, c'est un pragmatique, c'est « je n'ai pas la solution, je vais la chercher et la trouver. C'est le signe d'une froideur qui pour moi rejoint la question de la préméditation », poursuit l'avocat.

Thierry Fillion, son défenseur, riposte : « S'il était venu de manière rationnelle pour les tuer, pourquoi n'aurait-il pas dans ce cas prévu la suite de manière rationnelle ? Il aurait pu les enterrer profondément dans sa propriété. Or, il a improvisé : ce n'est pas un tueur qui prévoit tout sauf ce qui va se passer après ! Ce qu'il voulait, c'était effacer son acte. Non pas pour échapper aux poursuites. Mais pour le faire disparaître de son esprit. »

À quoi songe-t-il en démembrant sa belle-famille ? Hubert Caouissin a expliqué aux experts psychologues qu'il fonctionnait comme un « robot ». « J'ai des pensées abstraites qui m'envahissent : rien ne se perd, rien ne se crée, tout se transforme. Poussière, ce n'est que poussière. » Il pense à son fils de huit ans, et prend la décision de tout lui dire. Trois jours avant son interpellation, le 2 mars, il confie au garçonnet ce qu'il appelle son « secret ». « Tu vois, le monstre que tout le monde recherche, c'est papa. Papa a perdu son contrôle », regrette-t-il auprès du gamin qui fond en larmes. Il aurait remis son propre sort aux mains de l'enfant : accepter d'avoir pour longtemps un père en prison, ou préférer un père mort suicidé. La vie l'a emporté. À cet instant, révélation du secret et dévoilement ne font plus qu'un. Apocalypse.

Martine et Hélène vivent scotchées aux infos. Sur TF1, elles découvrent l'existence d'une « trace ADN retrouvée dans la maison et la voiture ». En cette première semaine de mars 2017, c'est par un coup de fil d'un journaliste du *Parisien* qu'Hélène apprend qu'un couple vient d'être placé en garde à vue. Aussitôt, elle pense à Hubert et Lydie, et se remet à espérer que sa famille puisse être toujours en vie. Mais, à quelques kilomètres de chez elle, pourtant, à Brest, Hubert Caouissin avoue aux enquêteurs comment il a donné la mort aux quatre membres de la famille. L'information fuite. Quand elle allume son poste de télévision, au réveil, le lendemain, à 7 heures, c'est le coup de massue. En ce lundi matin, la sœur de Brigitte Troadec, dans sa maison moderne sur les hauteurs de Landerneau, se branche sur BFMTV. « Et là je vois écrit en bas de l'écran : "Hubert Caouissin a avoué le quadruple meurtre de la famille Troadec." Le choc est immense. On redoutait le pire, et on l'a appris par la presse. Vous imaginez, apprendre cela par la télé ? » chevrote-t-elle. Elle appelle sa sœur Martine, qui vient elle aussi de voir les gros titres.

Au téléphone, les deux femmes pleurent. C'est la fin du mystère d'Orvault. Sur toutes les ondes, le nom « Caouissin » fait la une de l'actualité et s'accole à jamais à celui de « Troadec ». Même le petit garçon du couple, recueilli par sa grand-mère, suit l'enquête à la télévision. Au même moment, l'homme, tête baissée, menottes aux mains, avance dans le noir. Il ne fait pas encore jour et il est de retour chez lui, dans la ferme du Stang, sous haute protection policière. Les enquêteurs le conduisent sur les lieux pour le confronter à ses aveux, et qu'il leur indique ce qu'il a fait des corps. À l'aide d'une lampe-torche, le meurtrier présumé de la famille Troadec désigne du doigt les zones à fouiller. Immédiatement, les policiers perçoivent l'immensité du dispositif à mettre au point pour tout ratisser, tant la propriété, avec un corps de ferme principal, cinq dépendances, un poulailler et des hectares de terrain, est gigantesque. Rendez-vous est pris le surlendemain. Les sœurs de Brigitte ignorent encore la puissance des aveux formulés la veille au soir par Hubert, et se contentent de l'information inscrite en brève en bas de l'écran télé. Affolée, Martine décroche son téléphone et contacte la police judiciaire de Brest. « Ils nous ont proposé un rendez-vous à 11 heures, et nous ont confirmé ce qu'annonçait BFMTV. On a aussitôt demandé à voir les corps. Ils ont refusé, sans doute pour nous ménager. »

De retour à Landerneau, elles allument la télé. TF1. Journal de 13 heures. « Les corps de la famille Troadec ont été brûlés. » Les chaînes d'information en continu donnent rendez-vous au milieu d'après-midi : elles retransmettront en direct la conférence de presse de Pierre Sennès, qui, deux heures plus tard, sous une nuée de micros et de caméras, s'exprime officiellement depuis le palais de justice de Nantes. « Il semble que les corps aient été démembrés, qu'une partie des corps ait été enterrée, et l'autre partie brûlée. » Ce lundi 6 mars, le procureur de la République de Nantes annonce un réquisitoire supplétif pour changer la qualification pénale. Suite aux aveux d'Hubert Caouissin, le chef d'« assassinat » est retenu, ainsi que le délit d'atteinte à l'intégrité d'un cadavre. « Ce sont des infractions pour lesquelles M. Caouissin encourt la réclusion criminelle à perpétuité », précise le procureur. « À l'encontre de Lydie Troadec, le parquet a visé le délit de modification de l'état des lieux d'un crime pour faire obstacle à la manifestation de la vérité, et un second délit de recel de cadavre d'une personne victime d'un homicide », ajoute-t-il. Puis le magistrat entre dans le détail, évoque « un héritage disputé » devenu « le fait causal qui peut expliquer les événements dramatiques ». Il poursuit : « Il y a maintenant un autre enjeu dans ce dossier, et l'objectif majeur des officiers de police de Nantes et de Rennes, et des juges, c'est de découvrir l'endroit où les corps ont pu être enterrés ». Au journaliste qui lui demande s'il en a bon espoir, il répond : « C'est un optimisme mesuré, comme toujours dans les affaires criminelles. Il nous a donné des indices imparfaits et une certaine localisation qui devrait nous permettre d'avancer. »

Au même moment, Hubert Caouissin et Lydie Troadec arrivent de Brest au palais de justice de Nantes. Une jeune femme blonde attend Hubert Caouissin : Maell Pellen est l'avocate de permanence pénale d'urgence. Elle vient d'être désignée pour assister celui qui d'une heure à l'autre va être mis en examen, et prend connaissance du procès-verbal de ses aveux. « Je l'ai retrouvé pour une première rencontre dans les geôles du palais de justice » se remémore l'avocate, « pour un face-à-face confidentiel avant qu'il ne se rende dans le bureau du juge. Je n'ai pas eu d'appréhension à le rencontrer, je devais le préparer à la détention, lui expliquer comment ça allait se passer. Il parlait facilement et me posait des questions ». Ensemble, ils gagnent le bureau des deux juges d'instruction chargés de l'affaire. Hubert Caouissin est mis en examen pour assassinat. Son visage, recouvert, apparaît à la télévision, lorsqu'il quitte le commissariat de Brest tête baissée, sirènes hurlantes. « Ce soir, la justice évoque un héritage estimé à 40 000 euros. Quatre meurtres, pour 40 000 euros. Et un héritage dont les enquêteurs, ce soir, n'ont pas trouvé la trace », assène la journaliste Anne-Claire Poignard, en duplex sur place, au journal télévisé de 20 heures de France 2.

« Merci à tous d'être là pour une mission un peu hors norme, je ne vous le cache pas. C'est une affaire que vous connaissez et que je ne détaille pas. La mission d'aujourd'hui va être particulière. » Sur la butte qui surplombe la ferme, la voix du commandant de police porte haut. Les moteurs des camions de police vrombissent, mais le chant des oiseaux emporte tout sur son passage. Ils gazouillent, piaillent sans interruption. Est-ce pour marquer leur territoire ? Ou lancer un cri d'alerte face aux intrus ? Dans ce village de Pont-de-Buis, les oiseaux sont rois. C'est ici que le phragmite des joncs, à la gorge claire et aux joues sombres, vient se reposer pendant ses migrations, sans cesser de défendre son territoire des rivaux. Et chante à tue-tête face à la masse compacte de policiers qui se prépare à pénétrer dans la ferme. Mercredi 8 mars, vers 7 h 30, le jour n'est pas encore levé, et les policiers descendent le chemin privé qui mène au domicile d'Hubert Caouissin et Lydie Troadec. Certains portent des caisses et des sacs. « Ce n'était pas évident, tous ces CRS, tous ces journalistes qui ont débarqué. Déjà que dormir la nuit n'était pas facile… On a eu l'abominable en bas de chez nous. Chaque soir, vers 22 heures, des gens s'arrêtaient en voiture, juste pour voir. Et pendant trois mois, des voitures s'arrêtaient même le dimanche pour voir où était la maison », témoigne Ronan, voisin de la ferme depuis trente ans.

Les deux juges d'instruction Aude Le Quinquis et Stéphane Lorentz dirigent les opérations aux côtés du chef de la police judiciaire de Nantes Jean-René Personnic, d'un commissaire, de quatorze enquêteurs, d'une anthropologue, d'un médecin légiste, de deux compagnies de CRS, de quarante élèves gardiens de la paix de l'école de police de Saint-Malo, et des dizaines d'experts de la police scientifique et technique d'Écully.

Hubert Caouissin, extrait de sa cellule, arrive sous haute sécurité dans une voiture aux vitres fumées, comme sa compagne. Il porte un gilet pare-balles et des menottes, escorté des membres de la protection pénitentiaire. Et assisté de l'avocate Maell Pellen, pour ce qui ressemble à une visite guidée de la mort. Une battue, sous le crachin de mars, les pieds dans la boue, pour tenter de retrouver les corps de la famille. « C'était un moment difficile pour lui : j'ai eu le sentiment qu'il commençait à réaliser », assure-t-elle. « C'est très rare d'être dans cette configuration d'aller sur place pour chercher des restes humains et des éléments de l'enquête. Je n'avais jamais vécu cela. C'est mars, il n'y a ni feuilles ni fleurs, l'ambiance est lourde. » Les policiers répartissent la propriété en plusieurs zones, et progressent en ligne, au milieu des ronciers touffus et des marécages. « Tout le monde doit assumer son rôle. On ne montre rien, on se contient. On n'a pas échangé sur ce qu'on ressentait : personne à ce moment-là n'ose le faire, ce n'est pas le lieu, ce n'est pas notre rôle », confie Maell Pellen. À plusieurs reprises, le principal prévenu fond en larmes. « Hubert Caouissin était collaboratif. Il dit tout. À partir du moment où il a craqué en garde à vue, il est entré dans la collaboration pour aider les enquêteurs », poursuit son ancienne avocate.

À cette heure de la mi-journée, les enquêteurs progressent difficilement, zigzaguent entre les longs grands rubans jaunes « police judiciaire, zone interdite ». Le commissaire Jean-René Personnic répond brièvement aux questions des journalistes : « Les opérations se déroulent dans un climat difficile, on a un climat défavorable, un terrain particulièrement accidenté, détrempé, très végétalisé, boueux. » Mais, en milieu d'après-midi, les indices semés ouvrent la voie. Les enquêteurs, les juges, les policiers s'approchent de l'Aulne, la rivière qui traverse le bas de la propriété. Dans la boue, une gourmette : « PASCAL ». Des ordinateurs enfoncés dans la terre. Une tablette numérique. Un collier, des montres, et des petits bracelets féminins gravés de fleurs. Des signes de vie dans un gigantesque champ de la mort. Des boucles d'oreilles. Des téléphones portables. Un rouge à lèvres. En haut du talus, une équipe de CRS fait barrage pour contenir les journalistes, qui, de très loin, voient des combinaisons blanches s'agiter. Une voiture tente d'accéder à l'entrée de la ferme. Au volant, une femme. À sa droite, sur le siège passager, une autre. Les policiers chargés de bloquer l'accès les reconnaissent : Martine et Hélène. Elles veulent voir la réalité de leurs propres yeux. La journée a commencé tôt pour elles, avec ce qui est devenu un rituel, cacher à leur mère, âgée, les journaux qui fourmillent de détails. Surtout cette page du quotidien *Le Parisien*, qui a recueilli les premières confidences d'une autre femme : Renée Troadec, la mère de Pascal et Lydie. « Cet or a brisé notre famille », titre le journal. C'est la première fois que l'affaire de l'or jaillit et s'écrit publiquement en toutes lettres. Martine et Hélène encaissent le coup. « Quand on parle Troadec, on parle or, c'est très dur pour nous », s'indignent-elles. Elles prennent la route pour Nantes pour rencontrer pour la première fois Cécile de Oliveira, qu'elles désignent comme avocate.

Après l'entrevue, elles font un détour par Orvault, s'arrêtent devant la maison de leur sœur. Puis regagnent le Finistère, longent le bois de Dirinon, où la carte Vitale de Charlotte a été retrouvée, et filent vers Pont-de-Buis. « On a tout suivi à la trace, on n'a pas pu s'en empêcher », racontent-elles d'une même voix. Les policiers leur bloquent l'accès. Et Martine lâche : « Hubert Caouissin avait acheté cette ferme exprès pour préparer son coup », ce qu'il conteste fermement.

En contrebas, à deux cents mètres, les enquêteurs atteignent enfin la dernière zone de la propriété, cernée de ronciers. À 16 h 29, le reporter de la chaîne d'information en continu CNews intervient en direct à l'antenne : « Des restes humains ont été retrouvés dans la propriété. » Presque au même moment sur BFMTV, sa consœur Mélanie Bertrand, sous un parapluie rose, raconte la scène : « On a pu apercevoir des hommes de la police scientifique qui sondaient avec des bottes la rivière, qui avaient des bâtons pour chercher à tâtons des restes humains. Et il y a cette nouvelle qui nous a été confirmée il y a quelques minutes. C'est une avancée très importante pour l'enquête, car depuis les aveux d'Hubert Caouissin, c'était la question prioritaire pour les enquêteurs : retrouver les dépouilles de la famille Troadec. »

Des morceaux de chair humaine jonchent le sol, des fragments d'os s'étalent dans la boue et les vasières, des organes pendent dans les branchages. « Horrible », « atroce », qualifient des témoins. Ni or, ni pièces, ni lingots. Mais deux cent vingt morceaux de chair, placés sous scellés. Apocalypse. Les dernières débroussailleuses s'éteignent. Demain, deux employés municipaux viendront prêter main-forte pour dégager le terrain, et les recherches reprendront à la lumière du jour. Sans jamais permettre de retrouver ni l'arme du crime, ni les quatre crânes de Brigitte, Pascal, Sébastien et Charlotte. À la mairie de Pont-de-Buis, un homme téléphone depuis la Suisse. Il voudrait savoir si la ferme est à vendre. Il cherche un lieu pour tourner un film d'horreur.

15

Le tout dernier jour

Le 16 février. Un jeudi. Sous une pluie légère et huit degrés, Pascal, le seul à ne pas être en congé, part travailler. Mais il a posé des vacances pour Pâques, en avril prochain. Avec sa femme, ils embarqueront à bord d'un vol *low cost*, direction Lisbonne, pour trois jours. Brigitte a déjà repéré sur Internet des adresses de restaurants bon marché. Vers 6 h 45, il prend le volant de son Audi A4, direction la Pentecôte, le siège de son entreprise, à seulement trois kilomètres de chez lui. Comme toujours, il est arrivé très en avance, s'est garé à la même place, a laissé tourner le chauffage et écouté la radio. « Pascal a une vie extrêmement prévisible. C'est bien pour cela que ce n'est pas le genre de famille à disparaître du jour au lendemain », observe Olivier Pacheu, l'avocat qui défendra sa famille au procès. « Puisque sa propre mère, Renée, ne s'est pas portée partie civile au procès, nous le faisons, pour défendre son intégrité et sa mémoire », plaide l'une de ses tantes. Quelques jours auparavant, il avait tenté d'échanger avec sa mère au téléphone, mais elle n'avait pas répondu. « Pascal était très malheureux d'être rejeté par sa mère, et nous faisait régulièrement part de ses angoisses. C'était un bon père et un homme sans histoires », se désole-t-elle.

Ses collègues ont appris à apprivoiser ce travailleur solitaire et réservé, veillant à ne pas le bousculer. À 12 h 30, il déjeune avec eux à la cantine. Depuis qu'il a adhéré à la section CGT de l'entreprise, il s'est un peu rapproché d'eux. Comme toujours, en retrait, il écoute les conversations, décline un ballon de rouge. Au dessert, il a peut-être évoqué Brest et la nostalgie de son Finistère natal. Dans ses rêves, il envisagerait un jour de convaincre Brigitte de quitter Orvault pour y vivre à nouveau. Puis est retourné à son poste, a dû gérer en urgence le câblage d'un atelier. Seize heures, le sobre et routinier « au revoir », il reprend ses affaires dans son casier et cette route qu'il pourrait suivre les yeux fermés.

Quelle journée ! Pour Brigitte, elle a commencé le nez dans les comptes. Charlotte s'est aperçue que le jeu vidéo qu'elle a offert à son frère pour son anniversaire, six jours plus tôt, lui avait coûté plus cher qu'annoncé. Mère et fille débarquent à la banque. Brigitte porte son épais manteau à damier noir et blanc. Charlotte des baskets blanches. Les caméras de surveillance captent leur arrivée à l'agence, à 10 h 47, et leur départ quelques minutes plus tard. Incident réglé, dernière image immortalisée. Dans la foulée, les deux femmes font un crochet au centre Leclerc et achètent des sushis avant de se rendre au commissariat de police pour signaler la fraude à la carte bancaire de Charlotte. Ce jeudi est un grand jour pour la jeune femme. Elle a décroché un entretien l'après-midi même, pour ce stage qu'elle cherche depuis plusieurs semaines, et elle a toutes ses chances. Brigitte l'attendra à la maison et échangera des SMS avec sa sœur Hélène, tandis que Sébastien, dans sa chambre, joue aux jeux vidéo et converse avec des amis, sur les réseaux sociaux et par SMS.

Ce jeudi d'hiver, la famille Troadec, unie, poursuit son existence. Derrière la banalité du quotidien, Pascal et Brigitte, irrités et chagrinés par les problèmes avec Renée, Hubert et Lydie, cherchent une issue. Sur le guéridon de l'étage, les enquêteurs ont retrouvé un téléphone portable du couple, dont ils ausculté tous les fichiers. Et notamment un enregistrement audio, non daté, d'une durée de deux heures trente, lors d'une fête de famille, très probablement la cousinade annuelle de la famille Troadec. Si la totalité du fichier n'était pas audible, les policiers ont tout de suite identifié leurs voix et transcrit des passages entiers de cette longue discussion familiale à plusieurs voix. Qui de Pascal ou Brigitte a déclenché le dictaphone, et dans quel dessein ? Personne ne le sait. Pascal raconte longuement à l'une de ses tantes le conflit avec Hubert Caouissin. Il précise qu'il compte parler à sa mère Renée pour tenter de la convaincre qu'elle est « manipulée ». Comme il entend « aller faire une main courante concernant Hubert », car, souligne-t-il, « cette histoire dure et n'en finit plus ». Dans sa voix, Hubert est qualifié de « débile mental ». Il ajoute que sa sœur Lydie « a eu des copains fous mais qu'Hubert dépasse la palme d'or ». Brigitte intervient durant toute la conversation. « Il est dangereux », prévient-elle à propos de celui qui plus tard avouera leur meurtre.

Ceux qui ont eu accès à la retranscription de cet enregistrement précisent que le téléphone capte toujours la conversation quand le couple quitte la fête et reprend la route pour Orvault. « Là, on a raconté l'histoire à tout le monde », s'y félicite Brigitte au volant de la voiture, insistant sur la stupéfaction des convives, lorsqu'ils ont relaté la venue inopinée d'Hubert Caouissin à leur domicile, pour leur proposer un arrangement sur l'or. « Je voudrais bien savoir ce que j'ai volé », reprend Pascal. Il gamberge à voix haute sur le siège passager : et si la discorde venait de cette échelle qu'il avait empruntée ? « Ben l'échelle, il a qu'à venir la chercher », se répond à lui-même le père de famille. La suite apparaît comme le va-et-vient de réflexions d'un couple qui cherche comment stopper une affaire qui de toute évidence les dépasse. Brigitte propose de contacter la famille d'Hubert : sa mère, son frère, sa sœur, pour tout leur raconter, et faire passer Hubert pour un « dingue ». « Il faut leur pourrir la vie à tous les deux », fulmine la mère de famille. « Parce qu'ils nous ont bien pourri, hein », poursuit Pascal. À la fin de cet enregistrement, Brigitte évoque les propos que lui aurait tenus sa belle-sœur Lydie. « "Vous nous avez menacés de mort", non, mais elle n'est pas bien. Qui c'est qui lui a dit de dire ça ? Personne ne lui a dit ça. "Vous nous avez menacés de mort", t'as vu de quoi elle nous menace ? Non mais oh, ça va pas la tête. » « Elle est folle », tranche Pascal. « Complètement folle », conclut Brigitte.

Les mois ont passé, le conflit a duré, et jusqu'à ce tout dernier jour, le couple rumine encore. Charlotte est rentrée de son entretien. Elle s'installe dans sa chambre, se filme avec son portable et envoie la vidéo à son amie Émeline, pendant que ses parents se préparent à une soirée télé, dans le salon du premier étage. Pascal, qui entend mal d'une oreille et a souvent tendance à monter le volume, entend-il les pas de celui qui les espionne de dehors ? Ou des glissements sur la porte de la maison ? Le passage d'un stéthoscope. Car, derrière la porte d'entrée, à en croire son récit, Hubert Caouissin porte l'instrument médical autour du cou, qu'il applique méthodiquement à plusieurs endroits, tentant de capter les sons de l'intérieur, de reconnaître les voix, de saisir des mots et des bribes de conversation. Il vient de sauter le muret à l'avant de la maison et s'est trouvé un poste d'observation. Ici commence le récit du principal prévenu, long, détaillé, que rien n'est venu ni infirmer ni totalement confirmer à ce jour. Le beau-frère du Finistère est le seul survivant de cette nuit d'hiver. Les enquêteurs et les juges ne disposent donc que de sa version, que les expertises et la reconstitution n'ont pas contredite. « C'est un peu facile de dire tout et n'importe quoi maintenant qu'ils ne sont plus là, il n'y a pas de témoin », déplore Hélène, la sœur de Brigitte. Cécile de Oliveira et Olivier Pacheu exposent qu'il aurait construit un récit d'après-meurtre et tout inventé du scénario de son incursion au domicile des Troadec. « Cet homme est un mathématicien des stratégies. Il a construit un discours dans le but d'une légitime défense », martèle l'avocate des sœurs de Brigitte Troadec. « Sur les faits, en l'état, il n'y a pas de raison de douter de son propos. Dans ce que dit Hubert Caouissin, sur tous les thèmes, je n'ai pas détecté d'éléments dans le dossier qui le contredisent. Il a un semblant de crédibilité assez fort », oppose son conseil Patrick Larvor.

Depuis 22 heures déjà, caché dans le froid, Hubert Caouissin espionne. Il a remonté le zip de la fermeture éclair de sa parka kaki foncé jusqu'en haut. Il porte des gants. Dans ses poches, un petit carnet de notes, un stylo et un appareil photo, tel un détective. L'homme vient de parcourir trois cents kilomètres en voiture, comme il l'avait déjà fait une semaine auparavant. Il sait que stationner rue des Sports le préserve des regards du voisinage. Il a d'ailleurs pris la peine de falsifier sa plaque d'immatriculation, modifiant une lettre et un chiffre. Incognito. Et il ne risque pas de se tromper de maison, son dossier CRAPULES déborde de clichés. Il l'a observée sous toutes ses coutures, connaît son portail, son muret, ses graviers, ses allées adjacentes, les haies, le cabanon du jardin, et la porte arrière qui mène à la buanderie et au garage.

« Mais où est Ulysse ? » Dans le noir du début de la nuit, Brigitte Troadec chercherait son chat. Mais c'est cet insaisissable beau-frère qui vient de faire le tour de la maison. Sur chaque mur et volet, il aurait selon lui appliqué son stéthoscope, puis se serait dissimulé dans le jardin. Les experts expliqueront qu'un stéthoscope ne permet pas d'écouter à travers un mur, seulement de transmettre des vibrations sonores. Volontairement, la mère de famille aurait laissé entrouverte la porte de la buanderie, pour permettre au gros mâle roux de rentrer. Ses sœurs, qui connaissent les lieux, opposent pourtant qu'une petite fenêtre à barreaux entre l'extérieur et la buanderie est à disposition d'Ulysse, habitué aux allées et venues, et que Brigitte n'a pas besoin d'entrouvrir la porte pour l'animal, autonome. À quelques mètres d'elle, caché derrière les arbres, Hubert Caouissin grelotte. Il a, confessera-t-il, « peur », mais cette porte ouverte sonne comme une invitation. Il hésite, mais c'est maintenant ou jamais. Alors il quitte sa planque, presse doucement la porte de sa main gantée pour éviter qu'elle ne grince et pénètre au domicile des Troadec. Sur la pointe des pieds, il passe de la buanderie au garage, ni vu mais connu. Là, toujours selon ses déclarations aux enquêteurs, qu'il confirmera ensuite aux deux juges d'instruction, il déverrouille la serrure de la grande porte du garage et ressort de la maison par l'avant, côté rue. Retour au point de départ.

À pied, il rejoint son véhicule pour y déposer le stéthoscope et l'appareil photo qui l'encombrent. Il serait aux environs de 23 h 15 quand il reprend son poste d'observation dans le jardin, derrière la maison, et patiente jusqu'à l'arrêt de l'éclairage public côté rue. La porte du garage de devant, qu'il a déverrouillée quelques minutes plus tôt, est toujours ouverte.

« Je me suis dit que j'avais créé une opportunité et que c'était bête de ne pas en profiter, je suis rentré dans le garage », a-t-il raconté aux enquêteurs lors de ses aveux. Il s'y blottit dans un coin, résigné à attendre que tous soient couchés. « J'avais les battements de cœur dans les oreilles, j'avais l'impression que mon cœur allait sortir de ma poitrine, je ne bougeais pas mais j'avais l'impression de faire un bruit incroyable », a-t-il poursuivi. Dans les pièces attenantes, les « Bonne nuit » se sont succédé, personne ne se doutait que c'était la dernière et qu'elle serait courte. Brigitte, puis Pascal, ont emprunté l'escalier pour gagner leur chambre à l'étage. Sous la photo des tournesols jaunes étincelants, ils ont peut-être échangé quelques mots ou un dernier baiser, et éteint la lumière. « J'ai commencé à trembler, la boucle de la fermeture éclair de ma doudoune faisait du bruit tant je tremblais », détaille le principal suspect, qui aurait encore attendu un long moment dans le garage. Puis, bonnet vissé sur le crâne, il se serait dirigé vers le disjoncteur situé sur le mur du garage, à l'aide de la lumière de sa montre. Il était, selon ses explications minutieuses, « aux alentours de 3 heures du matin ».

Sébastien ne dort pas encore. Le jeune homme se lamente de ses résultats scolaires en baisse auprès d'une amie, avec laquelle il échange des messages sur Facebook. Il craint de voir son diplôme lui passer sous le nez et doit se reprendre s'il veut éviter un redoublement. Son dernier message date de 3 h 10 précises. Hubert Caouissin, posté devant le compteur électrique du garage, appuie sèchement sur le bouton Off :

« Ça a fait un grand clac dans le silence », a-t-il rapporté, avant de se justifier.

Il expliquera que son intention était simplement de pénétrer au domicile de sa belle-famille, non pas pour leur ôter la vie, mais pour s'emparer des clés de la porte d'entrée, afin de les dessiner pour s'en fabriquer un double, et revenir plus tard chercher des documents qui pourraient prouver l'existence supposée d'un détournement d'or. À cet instant, les Troadec respirent encore, mais c'est une agonie. Couper le compteur, c'est les plonger dans les ténèbres. Hubert Caouissin tourne le loquet de la porte du garage pour la verrouiller. Et ouvre la porte qui sépare le garage du hall d'entrée et dessert les deux chambres des ados. Dans cette maison obscure et silencieuse, le visage dissimulé par sa capuche kaki, il est le maître. 16 février, pour Pascal, Brigitte, Sébastien, Charlotte : c'était leur tout dernier jour, leurs derniers instants, une dernière nuit.

Que s'est-il réellement passé dans les minutes qui ont suivi ? Aurait-il délibérément surpris Sébastien puis Charlotte dans leur sommeil, leur assenant des coups mortels, avant une violente bagarre avec Pascal et Brigitte, comme accusent et redoutent les sœurs de Brigitte Troadec ? Ou a-t-il été pris au piège de son intrusion dans la maison, puis d'un déchaînement de violences qui a dégénéré, comme il l'a expliqué ? Les familles du couple défunt espèrent que le procès lèvera les zones d'ombre sur ces instants qui ont conduit à la mort des leurs. Sans autre témoin de la scène, les juges s'en remettent aux déclarations de l'accusé et aux expertises des spécialistes en morpho-analyse. Ceux-ci ont étudié au millimètre la scène de crime et les projections de sang pour tenter de déterminer la trajectoire des coups portés par Hubert Caouissin, qui a mimé ses gestes devant eux, arme à la main, lors de la reconstitution.

D'après lui, en quittant le garage pour s'emparer des clés de la maison dans le hall d'entrée, il aurait fait du bruit et réveillé le couple. Pascal serait alors apparu en haut de l'escalier, avec Brigitte éclairant d'une lampe-torche. Face à eux, le beau-frère au visage couvert raconte qu'il aurait tenté de fuir par la porte du garage, apeuré, mais Pascal se serait saisi d'un pied-de-biche, lui aurait crié qu'il « allait le tuer », avant de l'agripper, aux alentours de 4 heures du matin. Hubert Caouissin se serait défendu et aurait arraché le pied-de-biche des mains de Pascal. La suite de son récit expose une succession de luttes individuelles, l'opposant tour à tour aux quatre membres de la famille Troadec, sans qu'aucun ne parvienne à donner l'alerte, ou à le maîtriser. Hubert Caouissin aurait assené un coup à Brigitte, qui se serait dirigée vers le téléphone, tandis que Pascal réactivait le courant électrique, avant d'être à son tour frappé au pied-de-biche. L'accusé certifie que Sébastien aurait tenté de s'immiscer dans la bagarre, mais qu'il lui aurait porté un premier coup de pied-de-biche au crâne, le faisant s'effondrer sur son lit, avant d'en recevoir deux autres. Brigitte se serait réfugiée dans la chambre voisine de Charlotte, et alors qu'Hubert Caouissin tentait d'y pénétrer, elle aurait réussi, tout en lui bloquant la porte, à se saisir du pied-de-biche. Mais l'homme fait irruption dans la chambre de l'adolescente, qui se serait agrippée à son dos, et l'aurait vu frapper sa mère. Les experts ont précisé que la mère de famille avait perdu beaucoup de sang dans la chambre de sa fille. Alors que Charlotte, frappée au visage, agoniserait sur son lit, dans le hall, Pascal se relève. Le corps à corps reprend avec son beau-frère, qui lui porte un nouveau coup. Selon Hubert Caouissin, Brigitte lui aurait alors arraché la barre métallique des mains avant de s'enfermer dans la salle de bains voisine, où il parviendrait à la désarmer avant de la frapper à nouveau. Brigitte ne s'en serait pas relevée, tandis que son époux, dans le hall d'entrée, reçoit deux nouveaux coups fatals. Une scène d'une violence inouïe, que l'accusé qualifiera de « peur et de fureur », et dont la justice peine à mesurer pleinement le degré de réalisme, malgré un travail d'orfèvre.

Selon plusieurs sources concordantes proches de l'enquête, un expert a émis l'hypothèse que Brigitte aurait été frappée dès sa descente d'escalier, ce qui expliquerait que son sang ait été retrouvé sur le petit fauteuil bleu placé à côté. Et que Sébastien était allongé dans son lit quand il a été mortellement touché, ce que conteste l'auteur des coups. Mère et fils, selon les experts, ont été frappés à l'extrémité du crâne. Personne n'aurait rien entendu. Les Troadec ont-ils cherché à fuir la maison, ouvrir une porte, une fenêtre, appeler les secours ? Rien ne l'a montré. Aucune violence sanglante ne semble s'être déroulée à l'étage de la maison. L'arme du crime n'était pas une hache, comme l'ont suspecté les parties civiles, et celle retrouvée dans la ferme de Pont-de-Buis, expertisée, ne portait aucune trace de sang. Les sœurs de Brigitte Troadec ont affirmé que Pascal et Brigitte ne disposaient pas d'un pied-de-biche chez eux. Elles ont l'intime conviction que l'auteur des coups n'était pas seul et a d'abord tué les enfants. « Pour nous, Hubert Caouissin et Lydie sont entrés tous les deux, ont coupé le courant, Lydie devait tenir la porte de Charlotte pendant qu'Hubert tuait Sébastien. Brigitte et Pascal ont dû descendre, surpris par le bruit, et dans le noir, n'ont pas pu riposter. Et là, panique à bord », suppose Martine. « Rien dans l'enquête n'a démontré cela et ne permet de l'affirmer », objecte l'avocat de la défense Thierry Fillion. Lydie Troadec a indiqué qu'elle n'était pas entrée dans la maison depuis 2007. Hubert Caouissin martèle qu'il était seul.

Après cette scène, il a confié qu'il serait alors resté prostré un long moment, assis sur une chaise dans le garage, qu'il aurait bu de l'eau dans la cuisine, avant d'aller écouter, un à un, les cœurs des victimes et de quitter la maison. Ceux qu'il appelait « la grosse dondon » et la « crapule » étaient morts. Leurs deux grands ados aussi. Il le martèlera aux juges : « Je ne voulais pas leur faire du mal. »

16.

Robe noire contre rouge sang

Ils ont tombé la robe exactement en même temps. À droite, maître Thierry Fillion, quinquagénaire élancé, cheveux poivre et sel, lunettes rectangulaires, a rejoint le banc des parties civiles. À gauche, maître Cécile de Oliveira, grands yeux bleus, cheveux clairs mi-longs, a repris ses volumineux dossiers. J'observe ces deux-là depuis le fond de la salle d'audience de la cour d'assises de La Roche-sur-Yon, un matin de juin 2018. Quelques minutes plus tôt, l'accusé qu'elle venait de défendre et qu'il s'apprêtait à charger s'était écroulé dans le box, pris d'un malaise. L'audience avait été levée. D'un même geste lapidaire, les deux avocats ont ôté leur tenue noire de combat et remisé leur adversité au vestiaire. Je les imaginais se tancer, redoubler d'éloquence, mais le match n'a pas eu lieu. Bientôt, ils se retrouveront pour un duel sans merci, avec, entre eux, Hubert Caouissin.

Seize mois plus tôt, le téléphone a sonné, rue Alphonse-Gautté, dans le centre-ville de Nantes. C'est l'adresse du cabinet de Cécile de Oliveira. Depuis vingt-sept ans, cette femme de cinquante-six ans, aux origines paternelles brésiliennes, s'est fait un nom dans l'ouest de la France. Elle défend des victimes de meurtre et des assassins, des femmes violées et des pères incestueux, des enfants battus ou des mères infanticides. Parmi ses affaires les plus médiatiques, c'est elle que la famille du jeune Steve Maia Caniço, animateur périscolaire de vingt-quatre ans retrouvé noyé dans la Loire après une intervention policière en 2019, le soir de la fête de la Musique, a choisie pour faire la lumière sur cette affaire devenue politique. Cet après-midi de mars 2017, au plus fort de l'affaire Troadec, Martine, la sœur de Brigitte, contacte le cabinet de la pénaliste. Cécile de Oliveira n'y est pas : elle est « à la taule ». La « taule », nouvelle prison de Nantes située près du stade de la Beaujoire, où elle se rend à vélo, chaque semaine, pour rencontrer ses clients. Sur le chemin du retour, elle a consulté le message de son assistante. « Martine, la sœur de Brigitte Troadec, dans l'affaire des disparus d'Orvault, a cherché à te joindre. » Cécile de Oliveira a compris en un instant.

Installée derrière son bureau décoré des affiches des films *Les Enfants du paradis* de Marcel Carné et *Jules et Jim* de François Truffaut, cette ancienne conseillère municipale de Nantes chargée des droits de l'homme s'apprête à rappeler Martine, et pressent déjà le combat qu'elle mènera contre l'assassin présumé de la famille Troadec, pour défendre Martine, Hélène et leur mère

Denise, et, de là où ils sont, Pascal, Brigitte, Sébastien et Charlotte. À cet instant, leur quête de vérité devient la sienne. Quand Cécile de Oliveira intercepte l'appel, ses épaules s'affaissent, ses traits se crispent, sa mine change. Deux jours après les aveux d'Hubert Caouissin, Martine sollicite un rendez-vous. « Nous étions tellement chamboulées que nous n'avions même pas pensé à prendre un avocat », se remémore la sœur de Brigitte Troadec, qui a demandé conseil et repéré celle que certains à Nantes appellent « l'avocate de l'affaire Laetitia », du nom de Laetitia Perrais, une jeune fille tuée et démembrée au Pornic en 2011. Cécile de Oliveira s'est illustrée en défendant Jessica Perrais, la sœur jumelle de la victime, et en obtenant en 2015 la condamnation à vie de son assassin Tony Meilhon devant la cour d'assises de Loire-Atlantique. Un « choc » dans sa carrière, résume celle à qui les photos des restes humains de la jeune fille repêchés d'un étang du Finistère reviennent encore en *flash-back*. Elle file vers Landerneau, chez Denise, la mère de Brigitte Troadec, qui l'attend avec ses deux autres filles, Martine et Hélène. Dans le salon de la petite maison, face au portrait des trois filles, l'avocate pleure avec elles. « Ce sera sans doute l'affaire la plus mystérieuse de ma carrière », concède celle qui aurait aimé être juge pour enfants.

« Hubert Caouissin a cru commettre le crime parfait pour se lancer un défi à lui-même [...]. Il nous promène, et il jouit de son spectacle d'avoir massacré toute une famille. »

C'est cette sentence prononcée dans une interview au journal *Le Parisien*, le 4 mai 2017, deux mois après les faits, qui m'interpelle. Voilà la première note dissonante dans le récit huilé de l'affaire Troadec : une famille qui se déchire, un stéthoscope, une malheureuse bagarre au pied-de-biche, quatre morts, quatre corps à faire disparaître, des lingots d'or. En deux phrases, cette avocate venait de tout remettre en question. J'avais attendu la fin des funérailles de la famille Troadec pour lui écrire et lui proposer une rencontre, qu'elle a acceptée un mois plus tard, le 23 juin 2017. « Mes clientes sont une famille très unie, aimante, et des femmes très justes dans leur façon d'être. La France entière a regardé et commenté l'histoire, pendant qu'elles étaient seules avec leur deuil, sans les corps de leurs proches. Elles en ont tiré une énergie et une rage », a-t-elle amorcé, avant de soulever les zones d'ombre de l'affaire, ponctuant ses phrases d'un : « Vous ne croyez pas ? » Je ne croyais rien, j'avais plus de questions que de réponses, j'ai tenté plusieurs fois de l'interrompre pour obtenir des détails sur l'enquête. Mal m'en a pris. Main de fer dans un gant de velours, elle m'a éconduit au nom du respect dû au secret de l'instruction, préférant évoquer sa traque du détail et sa méthode de travail au « microscope ». « Je m'approche de très près, et je m'éloigne pour prendre du champ et réfléchir. » Celle qui assure « toujours chercher le mot juste » a détricoté la rhétorique du principal suspect et déconstruit l'affaire Troadec comme elle aurait soufflé un château de cartes. « Hubert Caouissin raconte des bobards. Cet homme a voulu faire un crime parfait et l'a raté à peu de chose près. Ce crime, c'est la grande histoire de sa vie. Cet homme est doué, blessé, complexé, d'une grande cruauté. Ce n'est pas l'histoire qui est exceptionnelle, c'est sa personnalité à lui », a-t-elle tranché en trois coups de fourchette. Cinq minutes ont suffi à faire surgir dans sa voix le futur bras de fer judiciaire, où, quoi qu'elle en dise, elle n'est pas venue jouer le second rôle.

Sur sa route, elle croisera Thierry Fillion, un avocat peu adepte des coups d'éclat qui semble jouir d'une réputation unanime. « C'est un petit Mozart, brillantissime. Je l'ai vu plaider à de nombreuses reprises, il peut réhumaniser une porte ! Il faut *a minima* un avocat comme lui pour qu'Hubert Caouissin existe autrement que par l'horreur de son crime », estime le journaliste de *Ouest France* Thomas Heng. Un matin de février 2019, j'observe, depuis la cour d'assises de Versailles où je suis venu le voir plaider dans une affaire de viol, la façon dont il annote ses feuilles, entoure les mots, corrige à la vitesse de l'éclair, mine ultraconcentrée. Quelques minutes plus tard, s'avançant face à la cour, il réclamera la vérité avec « un grand V » et citera du André Malraux. « Fillion ? On ne le voit pas arriver, il ne renverse pas la table. Mais il sait tirer profit des faiblesses, et aller chercher la faille que d'autres ne verront pas », complimente Philippe Dary, président de la chambre de l'instruction à la cour d'appel de Paris, qui le connaît depuis trente ans. « C'est un rationnel avec une grande sensibilité. Il fait partie de ces avocats qui s'éloignent des évidences pour aller au-delà des choses. Avec lui, ce n'est pas une plaidoirie de plus dans un océan de plaidoiries. On sent le littéraire et le passionné de cinéma. »

Ce père de cinq enfants lit et relit Marcel Proust, Annie Ernaux, Patrick Modiano, et les romans policiers de Georges Simenon, l'auteur des célèbres *Maigret*, pour « leur justice humaine », confie-t-il, les intrigues et ces personnages contraints à repousser leurs limites. Cela en fait-il l'homme de la situation pour défendre Hubert Caouissin, en tandem avec le Brestois Patrick Larvor ? En mars 2017, un mois après la tuerie d'Orvault, alors qu'ils plaidaient ensemble aux assises, son confrère du Finistère lui confie qu'il vient d'être sollicité par la famille Caouissin. « Dis oui… Et si tu veux, je le ferai avec toi », lui rétorque Fillion. Quelques jours s'écoulent et les deux hommes dînent au Café de l'Épée, brasserie mythique du centre historique de Quimper. L'épouse de Thierry Fillion, Agnès, elle-même avocate, assiste ce soir-là au pacte scellé : son mari entre de plain-pied dans l'affaire Troadec-Caouissin, avec « beaucoup d'enthousiasme », assure-t-elle, se jetant sur les procès-verbaux d'Orvault. « Là où il me bluffe, c'est quand il clôt ses plaidoiries par une référence littéraire. À la maison, il se plante devant la grande bibliothèque et pioche le bon bouquin avec la citation parfaite. » Affûtant ses armes en silence, l'avocat plante à son tour son décor, fait de distance et de technicité, et cette mission qu'il s'est assignée : faire échapper Hubert Caouissin à la prison à perpétuité. De lui, il ne connaissait le visage qu'en photo, menottes aux mains à la sortie du commissariat de Brest. Lorsqu'il le rencontre pour la première fois quelques jours plus tard, Hubert Caouissin va mal. Son incarcération s'est faite à coups de sifflets, sous les huées des détenus, qui ont suivi l'affaire dans les journaux. Il reçoit insultes, crachats, menaces. « Mon client a senti que cela pouvait dégénérer, et qu'il pourrait faire très mal à celui qui l'attaquerait. Quand il est attaqué, il se défend vraiment », prévient Fillion, qui alerte par courrier la juge d'instruction Aude Le Quinquis. Celle-ci ordonne à l'administration pénitentiaire de le placer à l'isolement. « Il allait mal, il était abattu. Il y avait le choc de ce qu'il avait fait et celui de l'incarcération. C'était un homme qui avait perdu ses repères. On voulait parler des faits, mais lui le moins possible. Il ne comprenait pas qu'il ait pu faire cela. Son état m'a alerté, je me suis tout de suite dit : il ne faut pas qu'il mette fin à ses jours », se remémore l'avocat. À deux reprises, dans sa cellule, Hubert Caouissin tentera de se suicider, par pendaison, puis par l'absorption de médicaments. À ses conseils, il pose la question fatidique : « Quelle peine je risque ? » « Vu ce que j'avais lu du dossier d'instruction, j'avais imaginé plein de choses. J'ai été très surpris par le décalage. Ce n'était ni le tueur de sang-froid décrit par la presse ni une bête féroce, c'était monsieur Tout-le-monde à Brest », confie Thierry Fillion.

Au fil des mois et de près de dix auditions, Hubert Caouissin, loquace, raconte avec un sens du détail peu commun l'ensemble des faits, donnant des sueurs froides à ses deux défenseurs qui l'invitent à la prudence. « Il est dans son tunnel, car il est important pour lui de dire ce qui s'est passé, chaque audition dure plus de six heures », chiffre-t-il. Une catharsis à ciel ouvert, dont les détails macabres laissent juges et avocats sidérés. « Physiquement, moralement, c'est usant pour tout le monde », reconnaît Fillion. Pour se remettre, il arrive que les deux avocats aillent boire un verre de chablis. « L'homme qu'on côtoie n'a rien d'un monstre, c'est quelqu'un de normal qui a fait quelque chose d'exceptionnel. Ce n'est pas un tueur », répète-t-il, mais un être au destin cabossé atteint de paranoïa délirante. Ce sera son premier argument auprès des jurés lors du procès. Et une lourde pierre dans le jardin de Cécile de Oliveira.

Toujours en mouvement, à vélo, en bateau, sur les routes de cour d'assises en cour d'assises, la vie de Cécile de Oliveira est un voyage, du tréfonds de l'âme humaine aux prisons de France, des toiles des peintres flamands aux films de Raymond Depardon. Ses intimes racontent qu'elle aime passer ses week-ends sur l'île d'Ouessant, où elle s'isole pour plonger dans ses dossiers. « Quelle que soit la météo, la pluie, le vent, l'agitation de la mer, elle reste au grand air toute l'heure de traversée en bateau. Ce sont des moments où elle retrouve une quiétude, elle qui a une vie si intense », raconte la magistrate Éléonore Laigre, son amie depuis dix-huit ans. Arrivée à Ouessant, celle qui connaît par cœur les coefficients de marée se baigne dans une eau à onze degrés, en plein hiver. Elle a fait de l'adversité une seconde nature et ne craindrait que les grosses méduses. Hubert Caouissin n'a sans doute pas imaginé qu'avec elle il avait peut-être trouvé plus fort que lui. Thierry Fillion, lui, préfère les mers chaudes de l'île Maurice à celles du Finistère. Il ne goûte que modérément au folklore breton, raffole du bouillonnement de Londres, des canaux de Venise, des ruelles pittoresques de Lisbonne, et des étés au vert près de La Clusaz. Il est d'un calme olympien, s'endort en consultant les résultats de football sur son smartphone. « Il est *ying*, elle est *yang* », confie l'un des rares à bien les connaître tous les deux. « L'un et l'autre sont dans un registre comparable : ils ne donnent pas dans l'esclandre », insiste l'ancien président de cour d'assises Philippe Dary. « Cécile de Oliveira est une avocate d'une grande sensibilité et très précise. Thierry Fillion a une finesse d'analyse psychologique réelle. Quand tous deux donnent la pleine mesure d'eux-mêmes, ils sont d'une redoutable efficacité. » Éléonore Laigre, magistrate au tribunal de grande instance de Valence, fut avocate stagiaire dans le cabinet nantais de Cécile de Oliveira au début des années 2000. « Elle a une capacité à percevoir la psychologie humaine que peu de gens ont. Et à nommer ce qu'il y a de plus abominable dans ce que subissent ses clients sans jamais manquer de respect à personne. C'est aussi pour cela qu'elle est si respectée dans le milieu », analyse celle qui raconte aussi l'avoir vue faire avouer un accusé en pleine audience. « Le juge s'y évertuait depuis deux jours. Par ses questions anodines, elle a proposé un raisonnement, tout le monde écoutait son cheminement, elle posait tellement de questions de détail qu'elle a fait craquer le meurtrier. Elle a ce côté pitbull pas agressif, elle ne lâche jamais quand elle a une conviction. » Une qualité également prêtée à Thierry Fillion, selon son confrère Pascal Rouillier. « S'il y en a un qui va démonter le vrai du faux factuel et pousser dans leurs derniers retranchements les experts judiciaires, c'est lui. Thierry Fillion, il bosse avec un code pénal et un scalpel. »

Entre elle et lui, il y a d'abord une nuit. Celle du 16 au 17 février 2017. Elle est à Nantes, chez elle, lui à son domicile de Rennes, quand un homme qu'ils ne connaissent pas encore emprunte depuis Pont-de-Buis la nationale 165, longe les côtes du Finistère, du Morbihan et parque son véhicule à l'abri des regards, à Orvault. Pour Thierry Fillion, le quadragénaire à la parka qui s'avance ce soir-là à pas de loup dans l'obscurité n'a aucune intention de donner la mort. « Son idée, c'était de surveiller la famille Troadec, et de trouver des preuves de l'existence de leur fortune. Sa version, c'est qu'il s'est senti menacé, et il a répliqué, dans un enchaînement de violences », prévient l'avocat, balayant toute préméditation du quadruple meurtre que son client assurera plusieurs fois regretter. Devant des experts psychologues, à l'automne 2017, Hubert Caouissin justifiera : « Ce n'est pas moi qui ai attaqué [...], je n'ai pas donné de coups pour tuer mais pour me dégager. » Une thèse dont s'empare son défenseur. « J'écoute ce qu'il me dit. Je ne mets pas en doute sa version *a priori*, d'autant qu'il n'y a aucun élément après enquête qui démontrerait le contraire de ce qu'il explique. »

« Balivernes », ripostera Cécile de Oliveira. Les explications d'Hubert Caouissin, très peu pour elle. « Il réussit l'exploit de raconter en longueur ce crime sans raconter la scène de meurtre. Le secret de son crime, il le garde pour lui, enfoui, et le protège avec son orgueil et sa rigidité », assène-t-elle, convaincue qu'il « préparait cette nuit-là depuis des mois, pendant son arrêt maladie, terré à Pont-de-Buis ». Que l'habit d'agent secret qu'il reconnaît avoir endossé à des fins d'investigations personnelles n'est que foutaises. « Avec un stéthoscope à travers une porte, on n'entend rien. Tout cela, il l'invente pour faire croire à la légitime défense », assure-t-elle. Ses clientes, les sœurs de Brigitte Troadec, en sont convaincues : la date du 16 février n'a pas été choisie au hasard. « Il savait très bien que les enfants seraient de retour chez leurs parents pour ces vacances scolaires d'hiver », avancent-elles. « Il faut s'éloigner des mensonges que tisse Hubert Caouissin avec des broderies de vérité », abonde l'avocate. Du haut de la butte de la ferme de Pont-de-Buis, le 12 mars 2019, sous la pluie, devant un parterre de journalistes, elle dénonce : « Hubert Caouissin a l'art d'emmener tout le monde dans les méandres des rivières et la gadoue de ses mensonges. »

À cette macabre nuit qui les sépare aujourd'hui s'ajoute un autre disparu qui pèse sur la procédure : l'arme du crime. Personne à ce jour ne l'a vue de ses yeux. Lydie Troadec affirmera avoir jeté à la demande de son compagnon du haut du pont de l'Iroise une barre métallique, alors qu'ils auraient pris la route en catastrophe pour être entendus au commissariat de Brest. Cécile de Oliveira a tout repensé, et s'est refait le film des heures entières, façon Cluedo. Une arme à feu munie d'un silencieux ? Un poignard dont les coups auraient été portés après qu'eut été diffusé dans la maison un gaz anesthésiant ? L'enquête, complexe compte tenu des maigres restes humains retrouvés de la famille, a montré que non. La famille de Brigitte Troadec, qui connaît la maison d'Orvault pour y avoir séjourné à plusieurs reprises, certifie que le couple ne possédait pas de pied-de-biche. Pour elle, la disparition de l'arme, pourtant pièce maîtresse d'une enquête criminelle, n'a rien d'une coïncidence.

Depuis qu'Hubert Caouissin a avoué le quadruple meurtre, jamais les sœurs de Brigitte Troadec n'ont cru à sa version des faits, et comptent sur leur avocate pour pousser Hubert Caouissin dans ses retranchements lors du procès. Pourquoi les policiers ont-ils retrouvé dans l'historique de son ordinateur des mots-clés laissant penser qu'il aurait pu s'intéresser aux armes ? Pourquoi, quelques jours avant la nuit du 16 février, le principal suspect a-t-il téléchargé sur son ordinateur un numéro de la revue *Sciences et vie*, mettant à la une un dossier intitulé « La science contre le crime » ? Thierry Fillion prend déjà les devants. Celui qui est « prêt à mourir pour son client », selon les mots de son ami Pascal Rouillier, expliquera que des recherches informatiques ne constituent nullement une preuve : « Je comprends que ces consultations interrogent, mais il n'y a pas de lien matériel entre ses recherches et ses actes », prévient-il. Et, comme au judo, il retournera son adversaire avec ce qui s'est au fil des mois imposé comme principale ligne de défense de son client : la peur. « Les semaines précédant la nuit du 16 février, Hubert est persuadé que les Troadec veulent s'en prendre à lui, à Lydie, et à leur fils, parce qu'il est au courant qu'ils auraient récupéré de l'argent. Selon lui, les Troadec se sont sentis démasqués. Il pensait qu'ils engageraient un tueur à gages pour leur faire la peau, et rendre ainsi impossible la révélation au grand jour d'un vol d'or de leur part. Cet homme a donc entraîné sa famille dans le repli avec l'idée d'échapper aux Troadec, de se cacher, et de se prémunir de toute réaction de leur part. C'est de la découverte de l'or que découle son besoin de protection », insiste-t-il. La peur, devenue terreur, lui aurait fait perdre la tête. Son client l'a lui-même confié aux psychologues : « C'est la peur par rapport à mon fils qui m'a fait agir », leur a-t-il indiqué, reléguant son mobile d'un détournement d'or au second plan. « On avait peur qu'ils nous pistent sans qu'on s'en rende compte [...]. J'avais l'idée que mon fils se retrouve seul face à un tueur », a-t-il poursuivi.

L'homme retranché, en proie à la peur et à la paranoïa que son avocat qualifie de « galopante », contre l'assassin déterminé. Entre Cécile de Oliveira et Thierry Fillion se dresse un Hubert Caouissin aux deux visages, dont les juges, aidés des experts psychiatres, tenteront de cerner la juste personnalité. « Hubert Caouissin construit un récit et jouit d'être le seul à connaître la vérité qu'il garde pour lui », charge Cécile de Oliveira. « Il prend une posture de narrateur, de scénariste, qui raconte après coup une histoire sur mesure dans laquelle il a toujours le beau rôle. » Elle dit aussi : « Avec lui, c'est toujours la faute des autres. Il se fabrique d'abord une enfance pleine de traumatismes pour expliquer sa bascule. Puis il accuse Pascal Troadec d'avoir détourné un héritage pour se placer en victime. Enfin il prétend que son beau-frère est descendu avec un pied-de-biche, pour se mettre en posture de légitime défense. On dirait un enfant qui joue à se faire peur. Cet homme, féru d'histoire, érudit, passionné par l'Antiquité, a grandi avec un complexe d'infériorité et des héros trop grands pour lui. Hector, Ulysse… Or, il a une existence banale et ratée. Il y a un effondrement narcissique dans sa vie. »

Et si, dans l'esprit d'Hubert Caouissin, les lingots d'or s'entrechoquent, dans celui de Cécile de Oliveira, ils ne font pas un bruit : tout simplement parce que depuis le début, elle n'y croit pas. Et les recherches infructueuses menées par les enquêteurs l'ont confortée. « Pierre Troadec a peut-être découvert un jour quelques pièces lors de ses nombreux travaux. Mais si Pascal et Brigitte avaient récupéré un vrai trésor, Brigitte en aurait parlé à ses sœurs. Ce trésor, c'est une légende locale, et le suspect mis en examen plaque cette histoire sur les Troadec. C'est une invention pour pouvoir justifier ses actes. Quand bien même l'or aurait existé, était-ce un mobile pour tuer quatre personnes ? » interroge-t-elle. Sur ce point, les deux adversaires ont trouvé un premier terrain d'accord. « Pour l'instant, il n'y a pas d'or », confirme Thierry Fillion, qui avant de plonger dans cette affaire ignorait comme tant d'autres la rocambolesque évacuation de l'or de la Banque de France pendant la Seconde Guerre mondiale. « Mais cela ne change rien à l'histoire », nuance-t-il : « que cet or ait existé ou non, mon client, lui, y croyait dur comme fer. C'est une croyance très forte, un délire de persécution. Et c'est cela qui a pesé dans la dégradation des relations familiales ». Les deux avocats partagent une autre conviction : Hubert Caouissin n'était pas le seul à se monter la tête avec cet or. « C'est une histoire à deux ou à trois », considère Thierry Fillion. « C'est Renée Troadec, sa belle-mère, qui met le sujet de l'or la première sur la table. Et elle est là totalement solidaire de son gendre », observe-t-il. Renée Troadec ne s'est pas portée partie civile au procès, compte tenu de la mise en examen de sa fille, pas plus qu'elle n'était présente aux funérailles de la famille. « Renée Troadec est une personnalité au centre du procès. Elle a donné beaucoup de détails sur l'or », analyse Fillion. Sa fille, Lydie Troadec, devant les psychologues, a résumé : « S'il n'y avait pas eu cette histoire d'or, si Hubert n'avait pas espionné, il n'y aurait peut-être jamais eu ces quatre drames. » À chaudes larmes, alors qu'une psychologue lui demandait ce qui la faisait pleurer, elle a confessé : « C'est d'avoir cru à cette histoire d'or. »

Celle qui assure ne pas comprendre que son compagnon ait pu commettre ces crimes s'est-elle retrouvée malgré elle ou de son plein gré embarquée dans cette histoire ? Ce sera l'autre enjeu du procès. Fragilisée par sa maladie, esseulée dans la ferme de Pont-de-Buis, elle est entrée de plain-pied dans le tourbillon des suppositions et interprétations d'Hubert Caouissin, cherchant avec lui les preuves de la toute-puissance supposée de son frère et de sa belle-sœur. Jusqu'à se convaincre elle-même d'une hostilité à leur égard.

Dans le brouillard de Pont-de-Buis, elle a aussi perdu pied. Jusqu'à devenir complice ? C'est la conviction intime de Cécile de Oliveira. « Hubert Caouissin et Lydie Troadec livrent une version extrêmement mise au point. Lydie Troadec joue un rôle bien au-delà de ce qu'elle a déclaré », accuse l'avocate. Mais ce n'est pas celle des juges d'instruction, qui n'ont pas retenu la complicité à l'endroit de Lydie Troadec. « Son rôle apparaît parfaitement circonscrit, ainsi que le relèvent les qualifications délictuelles retenues à son encontre » indique son avocat Loïc Cabioch.

Cécile de Oliveira et Thierry Fillion s'opposent enfin sur le démembrement des corps. « Crime parfait » d'un homme qui aurait tout planifié pour elle. Homme ordinaire en proie à la panique pour lui. Thierry Fillion en est persuadé : « Hubert Caouissin a agi dans la précipitation et dans un état second avec pour seule priorité d'oublier son acte. » Et, à l'entendre, avoir disséminé les effets personnels des Troadec dans le bois de Dirinon ou garé la voiture de Sébastien à Saint-Nazaire procède de la même improvisation. En mars 2019, l'avocat a demandé à la justice « un transport sur les lieux » pour voir de ses propres yeux la ferme de l'horreur. « Dans cette affaire, il y a eu deux temps : le drame à Orvault, puis sa suite psychologique. Après la nuit du 16 février, Hubert Caouissin se demande comment faire pour que cette scène de crime n'impacte ni définitivement sa vie ni celles de sa compagne et de son fils. Pour lui, il faut donc que rien n'ait existé, et donc que tout disparaisse. » L'avocat s'appuie sur l'avis des experts pour étayer son raisonnement, en particulier celui de Daniel Zagury, psychiatre chevronné et éminent spécialiste des affaires criminelles les plus retentissantes, qui a rencontré Hubert Caouissin pendant plusieurs heures à la maison d'arrêt de Nantes et produit un rapport. « C'est un phénomène dissociatif assez courant. Il faut séparer le meurtre de la suite », insiste Fillion sans ignorer que sa consœur Cécile de Oliveira nourrit une vision à mille lieues de la sienne et va sonner la charge. « Hubert Caouissin a une fascination pour la mort. Il s'approprie le corps de l'autre quand il est mort, ce qui lui confère la toute-puissance des héros de l'Antiquité qu'il admire. Il s'est comporté comme un médecin légiste fou », tranche-t-elle. À l'été 2017, l'avocate a passé quelques jours de vacances dans les pays Baltes, où elle a visité des camps de concentration, et mesuré combien les nazis avaient éprouvé des difficultés à se débarrasser de kilos de chair humaine. L'ombre d'Hubert Caouissin transportant les quatre corps des Troadec avant de les réduire en poussière ne l'a pas quittée. « Dans toutes les civilisations, les morts, c'est sacré. On n'y touche pas nous-mêmes, on les confie à d'autres pour préparer les soins funéraires. Et on ne mélange pas les tombes les unes aux autres. En privant la famille Troadec des rites funéraires qui forgent notre culture, Caouissin transcende tous les tabous », estime-t-elle, obsédée par sa quête de vérité, fourbissant ses armes face à Thierry Fillion, dont elle envie la capacité de distance et l'intelligence. Lui redoute ses coups d'éclat et son opiniâtreté.

Ils s'estiment, se jaugent, se parlent, s'envoient des SMS, dînent parfois ensemble, causent littérature, expositions et peintures. D'elle, Thierry Fillion prévient : « Elle est essentiellement redoutable. Elle a plus de forces que de failles. La connaître n'est ni un avantage ni un inconvénient. Même si on se parle parfois de l'affaire, il n'y a pas un dévoilement important, on ne se dit pas ce que l'on ressent. » De lui, elle certifie : « C'est un artiste relationnel. Il a une vraie solidité pour faire face à la complexité. Et une élégance qui permettra à un procès aussi violent d'avoir lieu dans un climat tenable. Il a une vraie distance, et n'assume jamais les fautes des clients à leur place. Il ne se déchire pas la conscience parce que Hubert Caouissin a découpé quatre personnes. » Comment appréhendent-ils leur futur duel ? « Quand on est adversaires, on est adversaires. En général, on ne se fait pas de cadeau », commente sobrement Thierry Fillion. Elle rejette la question. « Un duel, par définition, c'est narcissique. C'est un combat d'*ego*, dans lequel je ne me retrouve pas. Pour moi, la limite morale de l'avocat, c'est le narcissisme. Je suis au service de mes clientes, point. » Devant la cour d'assises, Fillion brossera le portrait d'un Hubert Caouissin malade, et s'appuiera sur l'altération de son discernement à laquelle ont conclu plusieurs expertises psychiatriques pour tenter d'obtenir une peine moins lourde. « On ne peut pas à la fois reconnaître son invalidité mentale, et dans le même temps prétendre qu'il a prémédité un crime affreux », soutient-il déjà. Celui qui promet « ne pas être dans la rupture et l'opposition systématique » fera face à celle qui jure « vouloir un procès serein, car la justice est une souffrance et non un théâtre ». Hubert Caouissin, entre eux, risque de faire voler en éclats, sous les peintures rouges de la cour d'assises de Loire-Atlantique, leurs belles intentions. Ou de révéler, face à leurs robes noires mi-armure mi-carapace, ce qui s'est exactement passé la nuit du 16 février.

Épilogue

Qu'aurait pensé Brigitte Troadec de son rosier jaune en fleur ? Prolifique, il accueille avec élégance juges, enquêteurs, experts et avocats sur le perron du 24, rue d'Auteuil. À l'entrée de la rue, le ballet des voitures ralentit la camionnette blanche du traiteur qui tente de se frayer un chemin pour livrer les agapes : ce soir, un voisin organise une dégustation de vins. Un des convives claque sa portière, souriant, quand son regard s'arrête au loin. Trois barrières grises et trois policiers en noir barrent la route. « Qu'est-ce qu'il se passe chez toi ? » lance-t-il à son hôte. La reconstitution judiciaire du drame au domicile des Troadec va commencer. Il est 20 h 30 ce lundi 30 avril 2019 quand un homme aux lunettes carrées, serviette de dossiers à la main, arrive à pied et franchit le cordon policier sous des « Monsieur le Procureur » polis.

Un peu plus tôt, le bruit de la remorqueuse jaune a rompu le calme de cette douce soirée de printemps.

Elle transporte la Peugeot grise de Sébastien Troadec, qui retrouve sa place, là où le jeune homme l'avait laissée en arrivant chez ses parents pour les vacances d'hiver 2017. Les hommes de la police judiciaire brisent les scellés sur le portillon et la porte d'entrée, et le pavillon des années 1960 retrouve la lumière du jour. Ce soir, il pourrait livrer les derniers secrets de famille. À leur tour, la BMW de Brigitte et l'Audi A4 de Pascal arrivées du commissariat de Nantes échouent sur le trottoir, un peu comme si la vie voulait reprendre comme avant. Brigitte aurait peut-être taillé le rosier débordant pendant que Pascal inspecterait sa voiture. Mais quatre mannequins en tissu aux cheveux tissés, remplis de sable, font leur entrée, à l'abri des regards. Les policiers les transportent à la main, et ils franchissent un à un le seuil de la porte d'entrée.

« C'est comme si on entrait dans cette maison le lendemain du meurtre, rien n'a changé », observe l'avocat Olivier Pacheu. Huit cents jours se sont pourtant écoulés. Le chat Ulysse a été placé. À l'intérieur de la maison fantôme, le calendrier est arrêté, du linge pend toujours dans la buanderie. Sur le bureau de Charlotte traîne un livre sur les histoires criminelles non résolues, et sur la table à l'étage, les billets d'avion pour Lisbonne attendent encore pour s'envoler. 20 h 50 : un fourgon blanc arrive à vive allure, sans sirène ni gyrophare, et prend de court le groupe de journalistes présent dehors. À son bord, d'un mouvement sec, un homme au front dégarni et à la parka rouge baisse précipitamment la tête pour échapper aux objectifs. Hubert Caouissin vient d'arriver sous escorte là où, plus de deux ans auparavant, il se faufilait discrètement dans le froid de l'hiver. Pendant cinq heures, pièce par pièce, devant magistrats et experts en criminologie, il reproduit ses gestes, mime les coups portés, et fait vivre de sa mémoire et de ses mains la scène de meurtre. Il doit « matérialiser » sa version des faits, préciser leur déroulement, pour cette dernière étape cruciale de l'enquête, d'où parfois jaillit une vérité. A-t-il vraiment écouté ce soir-là au stéthoscope derrière les portes closes ? Comment est-il entré ? Combien de temps est-il resté dans le garage ? Qui a-t-il tué en premier ? Ses avocats lui ont conseillé de refuser d'être photographié par les policiers lorsqu'il reproduira ses coups, pressentant l'effet des images sur les jurés lorsqu'elles seraient projetées sur grand écran au procès. Mais celui qui a chaussé ce soir-là des baskets bleues n'entend pas céder sa place à un double, et assume, face à la trentaine de présents, dont les deux juges d'instruction, ses gestes mortels qu'il a répété regretter. Il veut convaincre, aussi, que son récit est vrai, face à l'expert en morpho-analyse, le même qui pendant des mois a tenté, par l'examen des traces de sang, de reconstituer l'emplacement des victimes et la trajectoire des coups mortels.

La nuit tombée, les flashs des appareils photo crépitent. Dehors, de derrière la maison, plusieurs journalistes observent la scène au loin. Un voisin joue de la guitare dans son salon, quand d'autres ont préféré fuir pour la soirée, s'épargner les souvenirs encombrants, la présence des journalistes, les questions de leurs enfants. Orvault voudrait oublier. Dans le garage, l'homme de cinquante ans hisse un à un les quatre mannequins à l'arrière de la voiture, comme il prétend l'avoir fait. C'était il y a plus de quatre ans. La France, perplexe, observait cette histoire comme une équation impossible. Quatre disparus, une maison vide, des traces de sang nettoyées, ni explication, ni arme du crime, ni suspect.

Vers 2 heures du matin, la maison s'est refermée pour la dernière fois. Les policiers ont démonté la tente qu'ils avaient dressée dans le jardin et remisé les quatre mannequins dans un fourgon. « M. Caouissin a réussi à participer activement, il a été fidèle à lui-même, très prolixe en paroles », a commenté Patrick Larvor. « Sa version est très cohérente depuis le début. Aucun élément concret ne vient contredire ses déclarations depuis sa garde à vue », abondera quelques heures plus tard son second avocat, Thierry Fillion. Après cet ultime acte de l'instruction, rien n'a fondamentalement changé. Les avocats des parties civiles, venus traquer « les incohérences du suspect sur la chronologie des faits », doutent toujours « sérieusement que la scène criminelle ait été improvisée comme le suspect le dit », comme l'a déclaré Olivier Pacheu, avocat de la famille de Pascal Troadec. Les scellés ont été levés, à Pont-de-Buis comme sur la maison d'Orvault, que les héritiers pourraient mettre en vente.

En janvier 2020, trois individus improvisés « explorateurs de scènes de crimes », ont pénétré de nuit dans la ferme du Stang et ont réalisé une vidéo macabre de trente-six minutes, postée sur leur chaîne YouTube, avant d'être retirée. Ils en ont longuement montré chaque pièce, inspectant la chaudière, les placards, ouvrant les tiroirs, et même le frigidaire moisi. Personne n'était rentré dans la maison depuis les dernières perquisitions de la police, et deux petites voitures de police oubliées, jouets de l'enfant, trônaient sur la table de la salle à manger. Ils se sont ensuite rendus à Orvault, franchissant le portillon du domicile des Troadec pour en faire en images le tour du jardin. Le procureur de la République de Nantes a ouvert une enquête pour « violation de domicile ». « Vous ne vous rendez pas compte de l'impact psychologique de cette vidéo », a lancé la sœur de Brigitte Troadec lors de l'audience, le 5 février 2021. Ils ont été condamnés le 5 février 2021 à un stage de citoyenneté et à une amende.

Lydie Troadec, libre et placée sous contrôle judiciaire dans l'attente du procès, sera jugée des chefs de recel de cadavre et modification des preuves d'un crime. Hubert Caouissin est incarcéré à la maison d'arrêt de Nantes, où, selon ses conseils, il exerce des activités de manutention dans les ateliers, bien que réduites par la crise du coronavirus, assiste aux prières, lit et écrit. C'est là qu'il a obtenu l'équivalent d'un baccalauréat littéraire à l'été 2018. Il reçoit au parloir les visites de sa famille, de ses avocats, et n'a revu que deux fois sa compagne mise en examen, face aux juges d'instruction, lors de deux confrontations.

Les faits d'assassinats qui lui étaient reprochés ont été requalifiés en meurtre précédé, accompagné ou suivi d'un autre crime. « Les investigations n'ont pas permis de démontrer avec cette certitude cette préméditation, bien que les faits s'inscrivent dans un délire avéré de persécution et de conviction d'une spoliation familiale qui pourrait constituer un mobile de ce passage à l'acte », ont indiqué les juges le 8 septembre 2020 dans leur ordonnance de mise en accusation. L'ancien technicien de l'arsenal de Brest oscille entre moments « de profond désespoir et d'embellie morale. Il est obsédé par sa défense », selon ses avocats. Pour la première fois, en juillet 2019, il a pu revoir son fils. Et le rébus, loin d'être résolu, n'a rien perdu de sa complexité, en dépit d'une colossale enquête aux moyens exceptionnels. L'arme du crime n'a pas été retrouvée, pas plus que les quatre crânes de la famille, qu'Hubert Caouissin aurait en partie calcinés et ensevelis dans sa propriété. Les fouilles minutieuses n'ont pas permis de les découvrir. « Dans les crânes, il y a la solution. C'est pour ça qu'ils sont cachés », veut croire l'avocate Cécile de Oliveira.

L'enquête esquissée a dessiné bien plus qu'une scène de crime, mettant en relief la fragilité des familles, l'amour et la haine, le poison de la jalousie. Vouloir cloîtrer le principal suspect dans une scène de massacre, le figer à ces instants terrifiants de sa vie qui bascule, serait comme regarder par un trou de serrure. L'affaire Troadec n'est pas qu'un meurtre circonscrit à quelques minutes effroyables dans la nuit du 16 au 17 février 2017. C'est l'histoire d'une décennie, que le procès d'assises tentera de décortiquer et restituer, avec ce devoir de toucher du doigt la vérité. Ceux qui ont aimé les Troadec et que ce crime hante seront présents sur les bancs de la cour d'assises de Loire-Atlantique[1]. Les sœurs de Brigitte Troadec, qui préféreraient qu'on parle d'« affaire Caouissin », y semblent prêtes. « Il faut vivre pour eux. On n'a pas le choix », confient-elles. Chaque année, à l'occasion de la Toussaint, Renée Troadec fait livrer des fleurs au cimétière de Landerneau. Elles s'empressent de les jeter à la poubelle.

1. Il sera rappelé qu'Hubert Caouissin et sa compagne, Lydie Troadec, sont et demeurent présumés innocents jusqu'à leur procès et jusqu'à ce qu'une décision définitive intervienne dans cette affaire.

Remerciements

Je remercie chaleureusement Sophie de Closets, P.-D.G. de Fayard, les journalistes Gérard Davet et Fabrice Lhomme, éditeurs, qui ont aussitôt accepté ce projet et l'ont minutieusement accompagné pendant quatre ans. Merci aussi à Damien Bergeret, responsable éditorial. Leur regard, leurs conseils, l'acuité de leurs relectures, leur soutien amical furent capitaux.

Je remercie la famille de Brigitte Troadec, ses sœurs, Martine et Hélène, de m'avoir donné leur confiance, et malgré leur peine, d'avoir partagé l'intimité de leurs souvenirs. Leurs témoignages, comme ceux de la famille de Pascal Troadec, leurs amis, les amis de leurs enfants, m'ont permis de connaître les disparus.

Je remercie celles et ceux qui, à leur demande, ne sont pas cités dans ce livre, et m'ont été d'une aide précieuse pour vérifier les faits, recouper des détails, m'orienter vers les meilleurs interlocuteurs. Étapes après étapes, à Nantes, Orvault, Brest, Pont-de-Buis, ils m'ont accueilli, écouté, éclairé, ouvert des portes et permis d'avancer.

Je remercie le Procureur de la République de Nantes, Monsieur Pierre Sennès, pour le long entretien qu'il m'a accordé, ainsi que les avocats de la défense et des parties civiles. Ils m'ont reçu, éconduit, fait patienter, inspiré, toujours répondu, je les remercie pour leur patience et leur professionnalisme : Maîtres Thierry Fillion, Patrick Larvor, Cécile de Oliveira, Olivier Pacheu, Mael Pellen, Loïc Cabioch, Alexis Crestin.

Je remercie la Banque de France, son directeur de la communication Fabrice Hermel, son responsable du patrimoine historique et des archives Arnaud Manas, et tout particulièrement son ancien directeur Didier Bruneel, pour m'avoir fait partager son travail de mémoire, sa documentation nourrie et ses analyses. Je remercie également l'historien brestois Alain Boulaire et l'ancien Maire de Pont-de-Buis Roger Mellouet, disparu à l'été 2020.

Merci à mes consœurs et confrères journalistes, dont le solide travail sur l'affaire m'a aidé, en particulier Isabelle Labarre, Thomas Heng, Hervé Chambonnière et Anne-Hélène Dorison.

Merci à mes parents, à ma sœur, à France-Lyse et à Colombe, pour leur soutien et leurs relectures appliquées. Merci à tous mes amis, particulièrement à Martine, Jean-Louis, Joy, Bruno, Gaspard, Vincent, Arnaud, Cécile, Anne, Carine, Serge, Mireille, et à mes anciens collègues du service culture du *Parisien-Aujourd'hui en France*.

Table des matières

Cet ouvrage a été imprimé en France par
CPI Brodard & Taupin
Avenue Rhin et Danube
72200 La Flèche (France)

pour le compte des Éditions Fayard
en avril 2021

PAPIER À BASE DE FIBRES CERTIFIÉES

Fayard s'engage pour l'environnement en réduisant l'empreinte carbone de ses livres. Celle de cet exemplaire est de :
0,800 kg éq. CO_2
Rendez-vous sur www.fayard-durable.fr

N° d'édition : 58-3393-6/01 - N° d'impression : 3043414